雨天代我為妳哭

草夕子 著

序

在手機面前，我的愛還重要嗎？

究竟跟AI對話寂寞，還是跟話不投機的伴侶生活更寂寞？

送給單身、單親、丁克、二婚、同性愛，其他戀愛關係的朋友⋯⋯

2023年擔任總監一職，忙得沒有時間寫書，亦沒有時間照顧家庭，發覺生活質素沒有進步，所以休息兩個月，好好把這一年看到的，想寫的，甚至二十年前寫過的，重新整理，重新出發。

希望讀者朋友會看到我有所不同的風格吧。

會不會繼續寫霸道總裁？會啊，下一本囉！（笑）

原本《一九九七年的約定》是三部曲之一，但決定寫成短篇，感慨再一次的移民潮，身不由己的選擇，加上疫情想見不能見的無奈。

最後，特別收錄《翼與琳》的番外篇，讓你們繼續甜到入心。

目錄CONTENTS

一、錯手

淑嫻人如其名，持家有道，跟公婆同住，丈夫早出晚歸，自己帶兩個小孩。

每天都忙著做家務，早上曬衣服，做早餐，幫小孩洗澡，準備晚餐材料，一個上午就差不多過了。

家婆走過來問，「妳午餐吃甚麼？」

淑嫻微笑，「我正準備。」偷偷地嘆一口氣，沒有一刻停下來。

中午哄完小孩睡覺，正想打掃花園的樹葉，看到新搬來的鄰居。

「嗨！」一位男士跟淑嫻打招呼。

淑嫻含笑點頭回應，心想：煞是好看的男子。

翌日早上，淑嫻忙於弄早餐，她丈夫已經叫喊，「咖啡呢？」

「多一份煎蛋。」「家裡還有焗豆嗎？」

淑嫻不經意望向鄰居，男的正為伴侶倒咖啡，而女的送上一吻，然後相視而笑。

已經記不起上一次幾時接吻。

「咖啡呢？」丈夫已在催促。淑嫻回神過來，馬上遞給他。

每天都栽進一大堆家務。

飯後切水果，泡茶，洗碗，終於有一刻可以坐下來。

淑嫻又不自覺望向鄰居，看到他們飯後一起喝茶聊天。

她平常很少說話，通常忙於餵小孩，而且他們一家也不太跟她說話，親友私下笑淑嫻似傭人多過家人。

越看就越羨慕鄰居的生活。

某天下午，淑嫻如常打掃花園，鄰居男主人跟她打招呼，她不自覺臉紅起來。

「今天天氣很熱。」男的微微一笑，遞上一杯薄荷甜酒，「給妳解暑。」

淑嫻呷了一口頓覺透心涼，「謝謝。」

「妳笑起來真好看，如果燙直頭髮就更適合妳了。」

淑嫻感到突兀，對方馬上說，「不好意思，職業病，我是形象指導，無意冒犯。」

淑嫻微笑，「沒什麼。」然後摸摸自己頭髮。

突然很感慨，她也很久沒有照鏡了。

不知怎樣，這句說話圍繞住她腦海整個下午。

第二天的早上，淑嫻送了小孩到幼兒所便駕車去美容院。

燙髮，修甲，面部護理，淑嫻望著鏡子，感覺煥然一新。

接兩位小孩放學時，紛紛說媽媽變漂亮了。

一回家，家婆便抱怨道，「不知道去了哪裡。」

淑嫻裝作沒聽見，趕快地準備晚餐。

丈夫回來看到淑嫻的不同，沒有作聲，再看到晚飯新菜式，有點意外。

家婆已搶先說，「整天不知道跑到哪裡，回來又胡亂煮一餐。」

淑嫻一邊進食，一邊餵小孩，目光沒有接觸過其他人。

飯後，淑嫻如常洗碗，看到鄰居拿著一束花送給女伴。

「甜蜜的一對。」自言自語道。

晚上，淑嫻又吐又瀉，仍要起來哄小孩入睡，丈夫只是在旁玩手機。

「我去睡了。」丈夫倒頭大睡。

再過兩天，又碰見鄰居，男的說，「今天妳精神不錯！」

淑嫻不再怕陌生，「是嗎？謝謝。」

男的突然嘆氣，「我朋友生病了，他的麵包店正缺人幫忙，一星期只需要工作三天。」

淑嫻不忍看到這位英俊男子在發愁，竟然自告奮勇去主動幫忙。

她跑去麵包店應徵，老闆二話不說請了她。

淑嫻每天送小孩上學後，不是往麵包店，就是逛街美容。雖然白天較辛苦，晚上做完家務還花時間研究新口味，但感到生活充實。

丈夫見她整天往外跑，但仍把家務打理得井井有條，也沒有說甚麼。

家婆每天都挑三挑四，批評淑嫻花枝招展。

「唉，現在午餐都不準備了。」又來了。

淑嫻一直微笑著餵孩子。

「現在做公婆沒有地位，甚麼說話都是耳邊風了。」

丈夫望她一眼，低聲叱道，「淑嫻！」

淑嫻才抬頭一笑，「要添飯嗎？」再看看桌面，「大家吃飽了？

我去收拾清潔吧。」

丈夫無言，找不到要挑剔的地方。

假日，丈夫跟淑嫻談話，「不要再去麵包店了，家裡可以做的事情有很多，剪草，洗地也忙上半天。」

淑嫻不作聲，默默地準備午餐。又看到鄰居，女主人全神貫注地設計傢俬。

一個女人的美，不是外貌，而是工作帶來的自信，還有伴侶的寵愛。

淑嫻不想放棄工作，唯有早點起床準備好午餐放在飯鍋裡，也請了田園公司來修剪草地。

送了小孩上學又趕回去麵包店。

老闆忽然道，「我想退休了，淑嫻，妳有興趣承繼嗎？二樓是住宅，連地下舖位。」

淑嫻心動。

一回家，家公已勸淑嫻，「沒甚麼就不要亂跑出去，家裡兩個浴室有點骯髒。」

淑嫻點頭，「明天我會打掃一下。」

深夜時分，淑嫻輾轉難眠，看著丈夫，有一種同床異夢的感覺。

週末，淑嫻留家做家務，接著準備午餐。

家婆先開口說，「我們這家人只喜歡吃幼麵，最好是炒麵。」

淑嫻沉默，丈夫卻說，「我最討厭吃粗麵。」

丈夫不斷說，淑嫻沒有在聽，如果他能聽出弦外之音，為她著想，知道她有多忙碌，不會再多加意見。

已經極限了。

過兩天她又遇到鄰居，這次是女主人跟她打招呼。

「嗨，我之前展覽過傢俬不要了，妳有興趣嗎？」

淑嫻眼睛發亮，「真的？先謝謝妳！我過去搬吧。」

女的笑笑，「我可以叫人送過來。」

「我給妳地址。」

淑嫻馬上跑到銀行，提取本票，向老闆下訂。

「這些錢已經夠了，老店舖不太值錢，妳要好好保重自己。」

淑嫻淚凝於睫。

一星期後，傢俬都送過來。

淑嫻不禁呆了，竟然是全屋所有傢俬，實在太厚禮，她馬上去道謝，怎知鄰居沒有人。

兩星期後，所有東西都準備好了，淑嫻的媽媽在新屋照顧孩子，她自己一個人去交代。

準備午飯，菜式豐富，等待公婆和丈夫。

家婆看了一眼，「甚麼風把家嫂留下煮一頓飯？」

淑嫻歉意，「對不起。」家婆得意地笑。續說，「可惜往後的日子不能再侍奉你們，今天我要離開了。」

遞上離婚申請表。

丈夫臉色一變，大喝，「甚麼意思？」

淑嫻冷靜地道，「這是離婚協議書，你不必付贍養費。祝你幸福。」

丈夫發呆，家婆卻發難，「你不用再回來！」

淑嫻堅定地點頭，「不會再踏入半步。」

再走到鄰居叩門，也沒有人應。

回到新居，終於呼出一口氣。

「媽媽！」兩個孩子笑著叫，「我們很喜歡這裡！」

淑嫻擁著孩子，滿足。

翌年，某個晚上，有兩個人坐在屋頂上。

男的開口道，「終於補償了。」

女的嘆氣，「當年不是錯手射失，她不用受這麼多年的苦。」

男的安慰道，「她現在不是好好嗎？終於遇上一位全心全意對她好的男人，妳這次選得不錯啊。」

女的驚訝，「不是你把箭射在他身上嗎？」

兩人對望，然後大笑，「原來是緣分。」

二、最後勝利

張芝希是一位千金小姐。

從小到大，得到爺爺嬤嬤的溺愛，父親更是百般遷就。

但她對母親恨之入骨，在她生病時候帶著妹妹出走。

隨後母親改嫁另一富裕人家，享受家庭之樂。

芝希的妹妹芝瑤約她出來喝茶。

兩姐妹身上全是最新時裝、名牌手袋，兩個似雙生兒。

芝希打量妹妹，諷刺地說，「妳媽這艘爛船也泊到好碼頭。」

芝瑤沒有理會，「爸爸很疼惜我們。姐，這麼多年妳還不放下來，妳真的以為我們當年想一走了之。」

嬤嬤經常說，「那個女人不知羞恥，勾搭妳爸爸的朋友！」

也常說，「岑學兒是壞女人，那個何永明也不是一個好人。」

芝瑤說，「不如下星期過來我們家吃飯？」

芝希答應，心想大鬧一場也好。

當日早了半小時到達，芝瑤帶姐姐參觀。

芝希看到很多他們的照片，有兩父女的旅行照，打籃球的，沙灘游泳的，騎馬的。最意外是兩人巨型的婚紗照，紫花樹下，男的輕吻女方的前額，看出他們非常恩愛。

而芝希小時候的印象只有糖果和電視。

穿過客廳，終於在廚房見到媽媽，而且她丈夫也在幫忙。

「爸！」芝瑤喊道。

永明見到女兒，習慣性摸她頭一下，然後親切地跟芝希握手。

媽媽由廚房走出來。

芝希看到的是一位有氣質的女士，藍色直條恤衫、灰長褲配珍珠頸鏈，並沒有像家裡所說的妖婦一樣。

「請坐！」學兒見到女兒不知所措。

永明擁著妻子道，「我們先感謝媽媽為我們準備晚飯。」

學兒甜笑，「開動吧！」

永明說，「芝希，有空多過來吃飯，瑤瑤很想有人陪她呢！」

芝希揶揄地說，「為什麼你們沒有生寶寶？叔叔你不是覬覦她很久嗎？」

永明大方一笑，「一來怕瑤瑤多心，二來有她就滿足了，雖然她可能有點寂寞。」

芝希答不上，她竟然羨慕自己的妹妹。

飯後，學兒拿了自家做甜品出來。

永明歡呼，芝瑤笑說，「爸爸最喜歡甜品了。」

兩姐妹坐在飯廳閒聊，眼睛卻飄向客廳，看到媽媽拿著茶杯談話，做丈夫的就靜靜傾聽，手會輕撫她頭髮，亦不時餵對方吃。

芝希很難想像當年的情況。

突然起身告辭，「謝謝你們的款待，何先生何太太！」

永明握著她手，「叫我叔叔吧！」

芝希回到她的大宅。

一進門就看到繼母小麗，當年爸爸娶她是因為她喜歡小孩。

但很少見她笑，甚至有點憔悴，說她是太太，其實是傭人。

嬤嬤見她回來，馬上吩咐，「小麗，快拿湯過來。」

「不用了，我自己來。」

「讓她去拿，反正她在家沒事幹。」

小麗委屈地笑一笑便走進廚房。

芝希看著父親，只見他若無其事看電視，她開始同情自己的母親。

芝希好奇地打探小時候的事情。

再約妹妹出來喝茶。

芝瑤搖頭道，「姐，我怎會知道，媽媽也從來不說半句，只是說錯在她，趕不上抱走妳，後來嫁了爸爸，她也不好意思再說。」

「這麼奇怪，難道一早有私情？」

「怎會，妳也知道他們一直把媳婦困在屋裡。」

芝希再度探訪何家。

「叔叔，你好！」芝希有點尷尬。

永明仍是親切地邀請她進來。

「瑤瑤在洗澡，媽媽在梳化小睡。」

「啊，不要弄醒她。」

「妳先坐一會，我們待會一起去吃晚飯吧。」

芝希看著相片問，「當年究竟是怎麼回事？」

永明皺著眉，心痛地說，「妳媽媽從來不說。」

芝希疑惑。

「當時我正駕車路過妳家，看到學兒跌跌撞撞從側門出來，一手抱著瑤瑤，一手拉著妳及行李，面露痛苦地衝出來。」

「我馬上跳下車，嚇了一跳，學兒臉青鼻腫，我接過瑤瑤，打算拉著妳們上車，妳祖母已經追出來大叫，舉起手就拍打學兒身上把妳搶回來，那時候她斷了手，仍死命拉著妳，最後我只好護著她離開。」

芝希眼淚不禁潸然而下。

「她一上車就不停地哭，然後昏倒過來。」

永明嘆氣，「我和妳爸利宏自此交惡，他既不肯交妳出來，我們也不讓步。」

「學兒一直不肯說出原因，我也沒有再問，把瑤瑤當作自己的女兒。」

永明笑笑，「當時我只是想照顧她兩母女，別無他想，她肯嫁給我，是我的幸運。」

這時芝瑤大叫，「爸，好肚餓，出去吃飯吧。」芝希馬上拭淚。

學兒走出來，「噢，芝芝妳來了，吃甚麼好呢？」

永明風度地伸出手臂作邀請之意，「讓兩個女兒作主吧。」向學兒打個眼色。

他們到日本餐廳。

永明幫學兒拉椅子，坐下來後，手輕輕搭著她椅背，邊說邊笑在

看菜單。

芝希在看，芝瑤笑說，「妳不用理會，他倆一直很肉麻，我們點魚生拼盤吧。」興奮地笑。

「女孩子不要吃這麼多生冷食品。」永明皺眉。

芝瑤嘟起小嘴。學兒笑道，「難得我們四人出來高興，就魚生拼盤吧。」

點菜後，永明提起暑假來臨。

「我去英國辦點事，妳們有興趣一同過去嗎？」

芝希猶豫。學兒搭著她手，「讓媽打點一切吧。」

芝希垂下頭，「謝謝，媽。」

其實她已去過多次，但想有媽媽在身邊的感覺。

學兒激動得淚眼凝睫。

芝希回家，利宏問，「最近經常外出，談戀愛嗎？」

「嗯，跟芝瑤吃飯。」

利宏冷笑，「那個逆女怎樣？」

芝希輕輕倚靠爸爸，「當年媽媽為什麼離家出走？」

「人心不足，勾三搭四。」利宏揮揮手，「不要提她了。今年暑假想去哪兒？」

芝希興奮地說，「想跟你和媽一起去日本。」接著低聲說，「還有英國，跟芝瑤看博物館。」

利宏起初聽到不高興，但博物館畫展那些，他沒有興趣。

祖母聽到芝瑤名字，大罵，「怎麼會跟野女外遊，她帶壞妳怎麼辦？她媽是賤人，怎會教出好女兒！」

芝希被嚇到不敢駁嘴，畢竟祖母也養育她多年。

反而利宏說，「隨她去吧，芝希是我教出來，怎會這麼容易受影響。」

暑假一到，芝希他們三人去日本，繼母幫忙執拾行李。

芝希只想帶她出外透透氣。

「媽，我自己可以了，妳就輕鬆遊玩一下吧。」

全程旅行只有芝希跟爸爸購物，要她強行拉繼母入時裝店，她才買一兩件衣服。

接著是英國旅行。

一放下行李，他們便到餐廳，午餐後永明親一下學兒，「我約了經紀，晚點見。」

芝瑤雀躍地道，「我們去逛街吧！」

三母女試衣服，手袋，化妝品。

「芝芝，這條裙好像不錯，妳試穿一下。」學兒幫她姐妹選衣服。

真正的母女才會這樣，芝希很享受這個旅程。

買了差不多十多袋，她們在咖啡店前會合永明。

永明看到嚇一跳，笑說，「買了整間百貨公司？」接著摟著學兒的腰，吻她一下。

學兒撒嬌道，「哪有？」

坐下來，永明仍摟著她的腰。

芝希在想，是否她看不慣？感覺很突兀。

媽今年才四十出，但身材極好，穿上今季最流行的恤衫裙，可不出真實年齡，而且皮膚保養得宜，可見永明叔叔極寵愛她。

永明跟學兒耳語，「高興嗎？」

學兒撇撇嘴，「香奈兒手袋有新顏色，但這間店沒有貨。」

「待會去另一間買吧。」

「爸，不要這麼寵她，我們已走不動了。」芝瑤在抗議。

芝希笑得合不攏嘴。

學兒白她一眼，「妳們拿東西回去，我跟妳爸爸去約會。」

兩女高興拍手，「爸，待會你自討苦吃，不要跟我們訴苦啊。」

永明笑，「妳媽媽只顧逛街，沒有想我，罰她陪我一會吧。」

芝瑤忍不住翻白眼。

「明天我們去劍橋大學附近。」永明不經意地說。

「爸，這麼有興致？」

「剛在那兒買了一個單位，打算給妳方便上學。」芝瑤驚呼，

「真的嗎？」

「一個三房單位，其中一間房留給芝希。」

芝希驚訝。

「當然妳們要先考上大學，一有空，爸媽便過小住，好嗎？」

兩女孩歡呼。

一年後，兩姐妹真的考上大學，芝希藉詞和朋友分擔房租。

「姐，不如妳收拾一下吧，真後悔與妳同住。」芝瑤抱怨。

芝希突然想起一個人，馬上打電話過去，「媽，妳方便過來嗎？」

原來打給小麗。

芝希覺得自己全世界最幸福的人。

那邊廂，學兒嘆道，「真捨不得女兒出國讀書。」

永明拉她到床上，「我這樣安排，妳以後可隨時看到芝希呢。」

學兒笑笑，「還是老公聰明。」

永明磨蹭著，聲音低啞，「那妳要怎麼獎我？」

學兒摟著對方頸項，閉上眼，待吻。

當年。

岑學兒從來沒想過嫁給張利宏的日子會這麼難過。

服侍全家上下，不見天日。她開始憎恨這個家，憎恨自己丈夫。

直到有一天，張利宏帶她出來見朋友，她看到何永明，應該是何永明看到她。

一種男人看女人的眼光。岑學兒看到一線曙光。

每次外出都借故跟永明見面，她知道要靠他才能逃離。

世事不會如此完美。大女兒芝希一直生病，家婆竟然想用符水來治病。發瘋了。

岑學兒迫不及待收拾行李，帶兩個女兒離開。一時太匆忙，竟由二樓滾下來，卻驚動了家婆。

忍著痛拼命拉著兩女逃走，在大門竟然遇上何永明，可惜最終帶不走大女兒。

何永明很用心地照顧她兩母女，但她知道他想得到的是什麼，所以拖拉了大半年才答應嫁給他。

因為憎恨張利宏，她不經意地展示傷勢，高調地讓所有人知道何永明是如此寵她。

愛，她從來不相信。

當年。

何永明第一次看到岑學兒就心動了。

外表純潔，跟她談話卻感到她騷在骨子裡。

他不相信張利宏為何娶到她，他動了搶過來的念頭，三番四次借故接近。

機會終於來了。

接她兩母女回家後，岑學兒的若即若離的態度令他心癢，只好忍著。

有一天，何永明擁著岑學兒，「嫁給我，讓我好好照顧妳。」

岑學兒點頭。他大肆鋪張地籌備婚禮，讓所有人知道，他如此寵愛自己的女人。

白天她是一個溫柔體貼的太太，晚上她熱情奔放。他不願她離開，所以雙手從來不會離開她身體。

他要占據她所有，等了很久，終於把女兒送出國讀書。

曾經。

何芝瑤不知天高地厚，直到出國讀書。

她如此努力，因為她知道媽媽做的一切，犧牲自己來換取她的將來。

曾經。

葉小麗以為自己終身沒有希望逃出去，直到女兒出國讀書。

偶然認識到餐館老闆，跟著跑了。

她知道幸福是自己爭取。

張老太暴跳如雷，失去孫女，又多一個媳婦跑了。

張利宏握緊拳頭，再放鬆。

不動氣，因爲最愛還是自己。

人生如遊戲，誰是最後勝利？

三、轉

胡星婷一直看不起她大嫂翠珊，當她工人般使喚。

她從來不做家務，母親也容許她這樣做。

旅行完畢留下一大堆衣服，從不幫忙開飯洗碗，而且浴室衛生用品亂掉。

玩得大嫂團團轉，不亦樂乎。

翠珊見到都頭痛，向丈夫耀山投訴竟說，「她不善於交際。」

投訴多幾次，丈夫給了一個厭惡的眼神，「一天只見幾小時，還要計較？」

沒想過善後丟三落四不只幾小時。

今天又有新玩意。

「大嫂，我買了韓式食譜，妳照著來做吧。」

翠珊不再投訴，反正沒有人幫她。

有一天，翠珊做飯切傷了手指，把碗碟放在一旁。

星婷叫嚷，「白吃白住。」

翠珊無奈地伸出手來。

家婆看到，淡淡然說，「小事吧。」

翠珊無言地走進房間。

丈夫跟隨，「她不是有心，不要跟她計較。」

胡老太跟女兒悄悄地說，「連蛋也下不了的女人，甚麼也不會做。」

翠珊聽到不禁心酸。

整家人差不多在吃飯時候才出現，等了半小時還未有動靜，丈夫才發覺人已經走了。

兩個月後，他們正式離婚。

星婷暗中竊笑，終於趕走了大嫂，「以後沒有人礙眼了。」

心情大好，上班時不自覺微笑，然後偷偷看到心儀的行政總監陳國向她點頭。

「開會了。」同事拍拍她。

「各位，向大家介紹，我們人力資源總監，駱翠珊。」

星婷傻了眼，她的前大嫂。

竟然是她的上司，還要高了她兩級。

回家馬上向母親訴苦。

「世界真不公平，她竟然可以做總監！」

大哥聽到，冷笑，「風水輪流轉。」

一副戒備的樣子回到公司。

「星婷，可否讓我看看妳工作報告？」

「為甚麼？有甚麼不妥？」

星婷的上司顧媚驚訝，「星婷，駱小姐是我們總監，她看妳的報告有何不妥？」

星婷尷尬，忘了這裡是公司。

午飯時間，忍不住在茶水間跟同事閒聊。

「只是一個離婚的女人，連自己的家庭都管不了，怎去管一個部門。」

剛巧給陳國聽到。

一小時後，各人收到公司電郵。

「公司用人唯才，私生活一概與工作無關，如有流言蜚語，即時革職。」

星婷尷尬得汗流浹背。

回家又向母親投訴。「這麼壞心眼的女人！」

胡老太向兒子說，「找你前妻說說吧。」

耀山跳起來，「說甚麼？請妳高抬貴手，不計前嫌？」

胡老太氣憤，「我去找她說理。」

耀山硬著頭皮去找前妻。電梯遠處看到一對璧人，男的高大英俊，女的……

原來是前妻。

翠珊向耀山親切地打招呼，因為放下，已經不在乎這個人。

耀山酸溜溜地問，「是男朋友嗎？」

翠珊驚訝，「他是行政總監，怎會看上我？」

耀山才道出見面原因。

陳國仍站在電梯旁，看到翠珊一面為難的樣子。

翠珊無奈地說出公司的流言，接著非常客氣地說，「其實我們已經離婚了，我也不再是胡家的媳婦，希望你能明白公私分明。」

頓一頓再說，「耀山，過去的事就讓它過去，祝你幸福快樂，再見了。」

耀山面上一陣紅，一陣白，尷尬得無地自容，行為幼稚到管教前妻。

翠珊返回公司，在電梯前碰到陳國。

陳國關懷地問，「誰人為難你？」

「沒有為難，那人是我前夫，問我一些事情。」

「是不是領帶在第幾格抽屜？」

翠珊皺眉。

陳國尷尬，「對不起，冒犯了，這是妳的私事。」

翠珊微笑，「反正我和他不會再見面。還有，女人娶回來不是用來做家務的。」

陳國仍尷尬乾笑，因聽聞過她夫家一直刻薄。

耀山回家，一臉倦容，看著家中混亂不堪，回想以前翠珊見他一回來就笑臉盈盈送上茶水，自己從未關心過她喜樂。

胡老太馬上捉住兒子問，「怎麼樣？」

耀山厭惡地皺眉，「妳的好女兒在公司散播是非，還要我去質問別人，媽，她已經不是我們的媳婦。」

胡老太唸唸碎，「甚麼是非，還不是事實。」

耀山大發雷霆，「甚麼臉也掉光了！」

人力資源部正籌備一個新計劃書，翠珊打算聘請四十位應屆畢業生，好好培訓，將來調配不同項目，再加強個人的領域知識，合約三年。

她帶領經理顧媚跟陳國開會。

陳國很滿意地點頭,「有長遠眼光,三年後那些溝通技巧較佳,晉升爲初級顧問,我們可以向客人收取更高費用。」

翠珊微笑,「我們會準備好詳細計劃,再跟各部門及項目經理開會。」

陳國用欣賞帶點愛慕的眼光望著翠珊。

翠珊當作看不見,「我叫祕書再約時間。」

離開辦公室後,顧媚向翠珊道,「大老闆好像對妳……」

翠珊打斷她話,嚴肅地道,「大老闆對我們的計劃書有信心。」

下午開會,翠珊開始討論如何分配工作,招聘途徑,面試及筆試方式,各項目的預算等。

「我們各人已經很忙,怎會有時間再做這些不切實際的計劃?」

翠珊皺眉。顧媚問,「哪一項妳覺得不切實際?」

星婷冷笑,「現有的項目經理怎肯出錢請四十個新人。」

翠珊站起來,望著各人,「我們先分四個階段,每期招聘十人,當然部門反應好,我們可以加碼。我希望我們能夠在市場上最快吸納有潛質新人。」

然後表情冷漠地道,「很多人以爲人力資源部只懂得花錢,但我想告訴大家,我們是幫公司賺錢的。賺錢的部門才能生存,明白嗎?」

「希望大家不要短視。」翠珊斜視星婷一眼,「大家工作上有甚麼問題,歡迎提出意見,我們會再分配一下。」

散會後,同事們議論紛紛。

「老闆是偶像啊,竟然想到變成賺錢的部門。」

「有機會跟這麼有魄力的老闆真好。」

而星婷氣得咬牙切齒。

顧媚微言，「最討厭人未做就先潑冷水。」

翠珊拍拍她膊頭，「我們好好配合一下。」

回到自己辦公室，翠珊喝著咖啡想起前夫。

當初因為他的才華，深深愛慕，放棄升職機會，希望組織家庭，可惜事與願違。

愛就是忍耐？早點看清一段關係也好。

年終，公司開始做個人評估。

顧媚召見星婷，「其實妳很能幹，事事喜歡表現自己，但一間大公司，除了工作能力，溝通技巧也很重要。」

星婷搶答，「我才不會拍馬屁。」

顧媚搖頭，「如果妳的溝通技巧良好，就應該先聽我說。」

星婷有點羞愧。

顧媚續說，「同事曾經跟我說，妳只挑自己喜歡的來做，留下文書的工作給別人，有嗎？」

星婷不耐煩地說，「我是分析員，怎會做文書工作。他們有時間在背後說是非，不如做好自己本分。」

顧媚嘆氣，「星婷，妳這樣的態度，不是一個好的管理層，我想妳明年升職無望。」

星婷無言。

回家又向母親訴苦。

另一邊廂，陳國邀請翠珊吃晚飯。

沒想到直接帶她到家裡吃飯。

翠珊失措，「我甚麼都沒有買，真尷尬。」

陳國愛看她這樣子，「一餐便飯而已。」

陳老太見到翠珊滿心歡喜，一副看未來媳婦的樣子。

捉住著翠珊的手頻頻說話，如家中有什麼人等。

翠珊從容不迫地答。

說起烹飪，陳老太驚訝翠珊也懂得弄水煮魚。

翠珊笑說，「我前夫是四川人，所以有些菜式也略懂一二。」

陳老太面色一變，轉眼又回復笑容。

「我不打算再婚，希望這幾年能在事業上衝刺。」

老人家會意，親切地拍一拍她的手。

翠珊起身告辭。

陳國堅持送她回家。

「翠珊，我有哪一點不值得妳傾心？」

翠珊好笑地道，「陳國，是不是有些誤會？」

嘗試替他找下台階。「我們是好工作伙伴。」

翠珊回家，掛下笑臉。

很辛苦才爬出來，沒有理由再跌下去。

剛從晚飯已察覺陳國是家中大少爺，她不想再照顧這些未戒奶的
成年人了。

星期一例會完畢，翠珊請同事們一起吃飯，正想踏出升降機門，
碰見胡老太。

胡老太一臉憤慨地吼叫，「駱翠珊！」

翠珊板下面孔，「你們在餐廳等我，顧媚，胡星婷留下。」

星婷拉著，「媽，不要在公司樓下鬧事。」

翠珊揮揮手，「有什麼事情？」

「究竟我們星婷有什麼得罪妳，妳公私不分。」

翠珊聲音極冷回答，「現在是誰公私不分？自己工作表現不佳，就不斷找人來騷擾我。」

顧媚忍不住插嘴，「星婷，這是公司，妳以為自己還是小學生嗎？」

胡老太惡言，「妳是誰？」

「我是她直屬上司。」

胡老太慌忙道歉。

「胡老太，星婷是有她的能幹之處，但可惜溝通能力欠佳，同事們不止一次投訴她詐傻推掉文書工作，而且新項目處處不合作，又不肯幫忙其他同事。」

顧媚還想開口，卻有把聲音打斷。

「既然員工工作態度欠佳，就即時解僱吧。」

大家驚訝回望，原來陳國在後。

「顧媚，帶胡星婷上公司即時收拾，交還證件。」

星婷驚慌，久久未能開口。

翠珊見場面尷尬，轉身就走。

陳國表情冷漠離開大堂。

星婷一臉惘然，沒想過心儀對象即時解僱她，不禁又氣又傷心。

午餐過後，翠珊喝著咖啡，整個人放鬆下來。

「一早就想開除妳，自己卻自投羅網。」

翠珊自言自語，嘴角微微向上。

接著打了一封電郵，送出各大獵頭公司。

「人力資源部胡星婷即日離開，公司絕不考慮再次聘用。」

翠珊呼出一口氣，「我說過，我會好好還給妳。」

很久也沒有真正笑過了。

四、女神

想不到最後一次的對話竟然是告別。

海琪在咖啡室外等人。

浩正的弟弟，浩然向她遞上他的日記，「這年代還有人寫日記。」苦笑一下，「對不起，看了幾頁，覺得交給妳比較好。」

浩然望著海琪，面容清秀，帶點書卷氣，楚楚可憐地顫抖著伸出雙手，接過日記的一刻，看到她手上的婚戒，想不到哥哥喜歡上已婚女子。

苦戀注定難，單戀更加難。

海琪拿著日記，到咖啡室裡讀起來。

「如果我是你女朋友，我才不會受你氣。」

「如果妳是我女朋友，我就會一直疼愛妳。」

浩正失蹤前，最後一次對話。

深一口氣，海琪翻開日記。

七月。仲夏。晚上。

一個人駕車到山邊露營，天上漆黑一片，感覺寂寞，妳要我拍攝

有星星的照片，我笑妳是傻瓜。

七月。仲夏。晚上。
跟妳午餐，聆聽妳的生活智慧，做妳的家人真幸福，羨慕。

八月。夏末。早上。
突然想起妳的笑臉。奇怪。

八月。夏末。晚上。
工作挫敗，妳為我祈福，感動。體貼的妳，讓我不知不覺喜歡了。

九月。初秋。早上。
心情低落，跟妳傾訴。妳說妳會一直在我身邊。我叫自己不要愛上妳。

九月。初秋。早上。
習慣妳每天的問候。工作漸有起色，妳是我幸運星。

十月。中秋。晚上。
別人人月兩團圓，我卻孤身一個，今夜我特別想妳。

十月。仲秋。晚上。
越想妳越寂寞，還是越寂寞越想妳？

十一月。晚秋。早上。
工作忙碌，停下來想起妳，此刻的妳在做什麼呢？

十一月。晚秋。晚上。
傻氣的你，竟然喜歡鱷魚，我半夜起來嘗試尋找妳會喜歡的毛公仔。

海琪看到這裡，嘆氣。

十二月。初冬。晚上。
聖誕節，我很想跟妳一起過。忍不住傳了兩個訊息，妳竟然和我視訊，我興奮得睡不著。
為什麼我不早點認識妳？

十二月。冬至。晚上。
發覺妳不快樂，受了委屈，我不知道怎去安慰善良的妳。

海琪讀到這裡，忍住笑。

一月。仲冬。早上。
年初一，懷著戰戰競競的心情給妳電話，緊張地胡言亂語。

一月。仲冬。早上。
夢裡有妳，一個苦吻。我起床後懊惱不已，我很想妳。

二月。季冬。早上。
借故祝大家情人節快樂，其實我只想跟妳一個人說。

二月。季冬。晚上。
生病了，妳很關心我，但我心情很痛苦，對妳的愛，我開不了口。

三月。初春。早上。
一直在生病，妳不斷的慰問，卻加重了我心理負擔，我變得浮躁。其實，我真的很想告訴妳，我喜歡妳。

三月。初春。深夜。
我又睡不著，為何愛上不應該傾心的妳？

海琪合上日記，再次嘆氣。
她從來沒想過浩正會鍾情於她。
走出咖啡室，把日記掉進垃圾桶裡。
被愛慕應竊竊自喜，但太多的愛慕卻變得可怕。
海琪回家，紮起頭髮，一邊清潔一邊罵丈夫和兒子，「瞎了眼上洗手間？」
接著粗魯地幫兒子換衣服，「神經病嗎？將顏料亂倒，是不是嫌我還不夠忙？」
指著丈夫，「整天只看手機，一無是處。」
丈夫無奈地帶著兒子洗澡。

海琪看到他們就生氣。坐下來，看看超級市場的傳單，抄下減價貨品清單。

然後撥個電話給母親閒聊，幫兒子檢查功課。

這才是她的眞實生活。

浩正誤會了，手機裡的她只是他想出來。

溫柔可人的海琪。

她根本不是他心目中的女神。

五、再婚

2020年，再婚介紹所。

根據2016年調查，每三對新人就有一對離婚。

但，誰會再步入教堂，承諾一生一世？

一起十多年，所有熱情減退，就連慶祝生日，吃飯送禮每年一模一樣令人窒息。

朱曲源跟陳在川決定和平離婚，重新開始新生活。

有些事情發生了，不能否定；有些感覺產生了，不能逃避。

曲源沒辦法再跟他相處。

經朋友推薦的再婚介紹所，曲源嘗試尋找新伴侶，今晚她赴約。

刻意的打扮令自己有自信起來。

笑意盈盈走向餐桌，一坐下，笑容卻凝住了。

怎麼了？竟然是陳在川！

曲源氣炸了，正想打電話去罵負責人，卻被在川按住。

「應該他們搞錯了，既然來到我們好好吃一餐吧。」

在川看到曲源也感到驚訝，但更驚訝是她今晚的打扮實在好看。

曲源想想，「也好，我還未吃飯。」便拿起餐牌。

侍應過來，「請問要點什麼飲料？紅酒，白酒？」

曲源沒有抬頭跟在川說，「紅酒吧，白酒令你頭痛。」

「太太，請問妳也要紅酒嗎？」

曲源微笑，「我單身的。」

在川嘲笑，「是離了婚。」

侍應非常尷尬。

曲源堆起笑容，「開一支西班牙紅酒，二三千元好了。」

離婚是有很多種，有外遇，有價值觀不一，有生活方式不一，有感情轉淡的。

他們是相看兩生厭。

在川叫道，「妳真的不客氣。」

曲源嘲諷，「對前妻大方一點吧，錢留來做甚？」

在川不作聲。

前菜是法式蒜蓉包，薯蓉蝸牛。

「很好吃！」曲源一吃到美味的食物就會瞪大眼。

在川微笑，她還是老樣子，他把自己的一份也給她。

他們邊吃邊聊。

侍應問，「甜品或咖啡？」

曲源看一眼在川，「不了，他不吃甜品的。」

在川連忙道，「妳吃甜品，我喝咖啡也一樣。」

曲源點頭，「也好。」

兩人很久沒有這樣高興地吃飯，從前總是看對方不順眼，連吃不吃甜品也要吵起來，其實一位吃甜品，一位喝咖啡不就是解決了

嗎。

現在學懂了卻已經太遲。

「謝謝你請客。」曲源伸手打車回家。

「我送妳回家吧。」

曲源有點惶恐，「不了，你最討厭駕車。」

在川感到有點不好意思，他從前總是罵她。

「再見。」

「下次再約。」

「不約了。」曲源上車，好不容易才脫離火炕，沒理由又栽進去。

在川的性格衝動，聽不進別人的說話，到最後連聊天他也提不起興趣，倒不如和平分開。

放棄十二年的感情不容易，但人生還有多少個十二年互相彼此折磨？

在川回味剛剛的飯局，但想起曲源的嘮叨性格，還是如她所說，不約好了。

再婚介紹所打給曲源賠不是，「朱小姐，不好意思，電腦是根據妳的喜好來配對……」

「好了，不要再說。」

「這個星期六我們舉行十人極速約會，妳能出席嗎？當作我們賠禮，好嗎？」

曲源好好打扮赴約，見鬼了，又碰見在川。

「怎麼你又在這裡？」

在川看到亮麗的曲源，再一次驚喜。

他們兩人各自坐在長檯的一端。

坐在對面是一位做銀行的男士，文質彬彬，跟曲源的興趣相同，喜歡電影。

「你最喜歡做的家務是什麼？」曲源問。

小事見眞章，生活就是被瑣碎事磨光耐性。

「我家有傭人。」

曲源只是微笑。

接著上頭盤，座位位置又再調動一下，在川跟一位教師聊天。

「妳喜歡小孩嗎？」在川一直想要小孩。

「喜歡。」

「妳會做飯嗎？」

「我會。」

「婚後妳會在家照顧小孩嗎？」

對方感到有點爲難，他來娶妻還是來找傭人？

再到主菜，各人又再交換位置，在川最怕坐這麼久，談話兩句就起來走走。

大多數時間，曲源都只是在聽對方說話。

她在想，應該找個人結婚還是談戀愛呢？她感到這些約會在浪費時間。

最後的甜品，曲源跟在川對坐。

他們沒有對話，在川把甜品推到她面前，曲源幫他點了黑咖啡。

鄰座兩位看到他們的默契，心裡有點驚訝。

晚飯後，各人可以到酒吧跟對方再聊天，有位男士對曲源感興趣。

在川看到不是味兒，畢竟曾經深愛過，看得到或看不見是兩回事。

有位女生趨前，「你喜歡喝酒嗎？」

在川點頭，但他已忘記這個女生叫什麼名字。

「我叫陳在川。」

女生微笑，「我叫黎敏然。」

在川看得出對方比他年輕十歲。

「恕我冒昧，妳這麼年輕，為何……」

「我們做護士上班日夜輪流交替，沒有時間照顧家庭，婚姻甚不如意，希望第二次的婚姻，能讓我專注在家庭上。」

臨走前，各人把自己心儀的對象寫在紙上，再待介紹所安排。

在川跟敏然互相寫上對方的名字。

介紹所邀請曲源到辦公室，「朱小姐，妳很受歡迎啊，有三位男士想邀請妳共進晚餐，更加了解妳，妳覺得怎樣？」

曲源抱歉，「不好意思，我想暫停一下。」

「為什麼？已找到合適對象？」

「不是，暫時沒有再婚的打算。」

很累，不想服侍未成熟的人。

從前跟在川一起，他做事老是虎頭蛇尾，跟他說了很多次也不改這習慣，他怕了她喋喋不休，經常外出跑步行山，她也怕了自己嘮叨，選擇沉默，最後倒不如分開生活較好。

在川渴望有小孩，發覺曲源並沒有這種耐心，一直想再婚能有完整的家庭。

他再次參加約會，卻見不到曲源。

也許，她已找到對象。

曾經有幾個晚上有想過復合，但一想到又吵架，還是不了。

在川跟敏然開始約會，雖然思想和話題有點距離，但相處下來還是舒服的。

他們在高級餐廳約會，碰見再婚介紹所的會員，敏然打過招呼後，去洗手間補妝。

對方驚訝，「我還以為你會跟朱小姐約會。」

「為什麼這樣說？」

「你們很有默契呢。」

在川只是微笑。

「感情不能勉強也是明白的。」

當初兩人投契才會一起，而且一起十多年，培養了默契也是肯定的。

在川決定再婚，他打電話給曲源。

「恭喜您！」曲源有些意外，但還是祝福他。

「開始籌備了嗎？」

「嗯，改些裝修。」

「我上你家再收拾一下。」

「嗯。」

曲源馬上探訪他家，看到曾經也是自己的家，有點感慨。

「有紙箱嗎？」

「沒有啊。」

曲源皺眉，「你買個紙箱回來。」

「有這麼多東西嗎？」在川清空一個衣帽箱。

「結婚相簿，旅行紀念品，不要讓現任的太太看到，免得她心裡
不舒服。」

「放在妳家方便嗎？」

「怎會不方便？」

「妳的另一半不介意？」

「我哪裡有另一半？」曲源在笑。

在川驚訝，「爲什麼不見妳在約會？」

曲源呼出一口氣，「我累了，不想再婚。」

在川震驚到不知怎開口，他還以爲她已找到對象。

曲源撿起結婚相簿，她只是隨意看一眼便放在紙箱裡，心裡卻有
點傷感，他們曾經也有過快樂的時光。

在川看到她在執拾兩人的回憶，竟然忍不住眼紅紅。

「不要再執拾了，那也是我回憶的一部分。」

曲源微笑，「信我一次，沒有女人喜歡看到丈夫前度的東西。」

在川強忍著眼淚。

「在川，要珍惜亦都不是現在才珍惜。」曲源拍拍手上的灰塵，
「放下從前，將來才生活得自在愉快。」

她搬紙箱出門，在川卻搶著，「讓我送妳回家，最後一次！」

車廂裡，兩人沉默。

一段段回憶彷彿隨著車的行走而慢慢倒流。

「到了。」

「曲源……」

「祝您幸福，新婚愉快！」

曲源頭也不回下車回家。

在川永遠都不明白他們何時有一幅牆在兩人之間。

每次的爭吵，無法認同對方的觀點，互不相讓，一點一滴破壞彼此的關係。

曲源看著紙箱，她不想打開，放在衣櫃裡的角落。

同床異夢的關係讓她害怕再婚。

電話響起。

「曲源，出來喝酒嗎？」

「好啊！」

知道自己追求什麼，能對自己的負責就夠了。

曲源衷心祝福他。

六、不同，大同

一大群人在商場咖啡室聊天，喝茶。

突然有一對夫婦經過，大約180公分，衣著顏色獨特，金銀兩色為主，男的髮型短齊，女的染紅色直長髮，有點像是科幻片中的人，或是走時裝秀的人。

有人低頭而笑，「怎麼了？這區怎麼會有這類人搬進來？」

其他人不屑一笑，搖頭，批評一番，繼續其他社區話題，都是家庭，別人的家庭，明星的家庭。

第二天的家長們送孩子上學後，又來咖啡室聊天，「昨天學校來了一位新學生，十分頑皮，口中不斷發出奇怪聲音，看著他叫人頭痛。」

「你們看看，那對夫婦又出現了。」

「怪咖。」

今天他們跟另一對夫婦坐下來喝咖啡，衣著也一樣獨特，全身黑色，連指甲油也是黑色。

侍應走過去，親切地跟他們微笑，點單。

家長們拉著侍應，「小何，你跟那堆人很熟悉嗎？」

小何輕輕皺眉，「你說郭醫生他們？」

「他們全部也是醫生？」

「不是，郭醫生的太太是語言治療師，鍾博士是科技專才，他太太是商業顧問，你們想知道，可以跟他們聊天啊。」

其中一位家長咄一聲，「可能是黃綠醫生吧。」

其他人大笑。

小何翻白眼，不再跟他們對話。

下課時，家長在課室門口等待。

有位小朋友不斷揮動雙手，口中唸唸有詞，家長忍不住問自家孩子，「怎麼又來一個怪咖？」

小孩林一凡沒好氣道，「他是全國的數學冠軍。」

「是嗎？」

遠處傳出「嗚，嗚」兩聲，原來是早上說起的怪小孩。

一凡馬上道，「他是有自閉症的，但是他的資訊科技認知很強。」

母親卻說，「不要跟他們一起玩耍。」

「為什麼？」

「你想跟他們一樣嗎？」

一凡沒作聲，老師已經跟他們解釋什麼是自閉症，過度活躍症，只是症狀，他不明白為什麼母親這麼大驚小怪。

週五的商場咖啡室人來人往，家長們喜愛聚在一起吃早餐、聊天。

「你們知道新來的學生是什麼人嘛？他們是特殊兒童啊！」

家長們十分驚訝，其中一位指著遠處，「你們看看，大熱天時，他還穿厚衣服，戴耳機。」那少年嚼口香糖，戴太陽鏡。

他們毫不避諱對別人評頭品足。

身後有把聲音，「想不到這個城市的人這麼無知，他只是對環境刺激過度敏感。」

原來是郭太太，語言治療師。

她的朋友鍾太太，「見識少，難免驚惶失措。」然後輕笑。

一位父親不忿地說，「我們是正常人，你們，他們是特殊的。」

鍾太太不認同，「是嗎？」聳聳肩，便跟郭太太坐在咖啡室的另一端。

小何聽到他們的對話，送上兩杯咖啡，「老闆謝謝妳們爲孩子們說話。」

「太客氣了！」

家長們接孩子下課，忍不住一探究竟他們是什麼來頭，看到一位身型特別矮小的父母及孩子正走向校門。

「嘩！侏儒啊！」

一凡瞪他的母親一眼，「妳不要這麼失禮好嗎？妳有看過『權力遊戲』嗎？」

其他家長不回答，完全不知道是什麼。

「她雖然小個子，但非常聰明，她的親友就是荷里活製作人，他們有症狀，不代表他們智力方面遜色於人。」

一凡在小息跟同學們在玩，他們每人都有特別技能，不是下棋高手，畫畫高手，或者精通心算、外語，好像他才是與眾不同，特

別平凡！

自閉症的小朋友不懂說謊，「一凡，雖然你什麼也不會，但我們是朋友。」

一凡不介意，知道他們不會騙他。

「你不要這樣說，一凡心地善良，是一位很好的朋友。」

一凡對著小個子同學微笑，她是最受同學歡迎的，各人也爭著幫她拿東西。

過了一個學期，兩星期的假期結束，家長們又聚在一起喝咖啡。

「終於上課了。」

他們看到咖啡室的另一端，口中所謂的特殊人物的群組越來越大，好像他們才是不同。

鍾太太呷口咖啡，「那些自以為不同，歧視別人來增強自我優越感的人，在這個世界簡直是微不足道。」

另一位家長問，「下個月有電影活動嗎？」

「是啊，小童特別場，不要說特殊兒童了，就算一般兒童也不會被飛機上的乘客，戲院裡的顧客歡迎。」

鍾太太跟其他家長苦笑。

溫和的郭太太微笑，「這樣算下去，宗教，種族等，社會上的不公，尋求大同的世界恐怕沒有可能，我們也沒有辦法改變世界，但消除歧視，保持善良，已經很好了。」

「我們加油吧！」

七、第三空間

「你有在聽嗎？」

「我沒有聽到。」

「我在你面前說話也沒聽到？」白悠翻眼。

任偉倫聳聳肩。

太太日夜嘮叨，事事不順眼，有什麼好聽？

白悠也無何奈何，其實是他一直玩手機，拒絕對話，她曾經嘗試用短訊，對方只讀不回。

很多人說，結婚太久，失去情趣，她從不相信，直至身在其中。

偉倫看不起妻子，只是在家煮飯帶孩子，懂什麼？

白悠知難而退，少說話，多出去走走。

有時不外出走走，真不知道世界是這麼大。

未生孩子前，白悠是程式員，剛巧看到招聘廣告，她想一試，反正孩子上高中，不用她事事照顧周全。

資訊科技一向缺乏人才，T公司願意讓白悠重返職場，由助理開始做起。

每天早上外出工作，黃昏前回家煮飯做家務，偉倫完全沒察覺。

兩位兒子卻發現媽媽身上有另一種光芒。

從前買衣服，要問丈夫拿多點錢，現在自己想買什麼就什麼，多舒心。

大兒子博謙看到媽媽配戴最新運動手錶，「媽，很酷啊！」

白悠笑道，「星期六帶你跟弟弟去買。」

小兒子柏謙細聲問，「媽，妳夠錢用嗎？」

白悠心頭一酸，忍住難受，「媽媽有工作，可以負擔的。」

柏謙笑笑。

白悠跟丈分房睡，既然相對無言，總好過同床異夢。

情人節，一束花，一餐晚飯也沒有，白悠已經沒有期待，看著電腦，跟AI對話。

「妳今天過得怎樣？」電腦問。

「今天有點累。」

「辛苦了！情人節快樂！」

一個人跟AI對話寂寞，還是跟一個話不投機的伴侶相處寂寞？

當初的熱情減退，由每晚聊天到倦了，直到現在一言一語都嫌多，究竟哪裡做得不夠好，還是人不夠好，連吸呼都有罪？

每天只想有簡單的對話。人與人之間是需要溝通，肯跟對方溝通，其實也是一種信賴。

可是有些人總讓妳獨力承擔。

白悠努力工作，半年後，晉升為項目經理，上司胡恭臣問她，「有興趣加入新項目嘛？」

她點頭，跟同事開會。

開會後，白悠有點心神恍惚。

新項目是要住進一間宿舍，然後投射自己在原本的家庭，跟家人對話。

看看這個項目能否爲遙遠相隔的人帶來心靈上的安慰。

白悠感到諷刺，每天見到丈夫，對方不聞不問。

很多澳洲家庭的父親或母親也是Fly in fly out的，孩子會有一段時間見不到他們，如果投射功能成功，對穩定孩子的情緒有幫助。

白悠願意一試。

跟兩位孩子約定，一個月後再見。

「不用擔心，公司每天會派人送新鮮晚餐過來。」

兩兄弟竟然有不捨媽媽的感覺。

白悠每晚都跟他們一同進餐，雖然媽媽的影像還在，但原來兒子需要真實的擁抱。

明晚公司有維修，不能出現，白悠跟丈夫交待一聲。

「你有在聽嗎？」

「什麼？我沒有聽到。」偉倫低頭玩手機。

第二天的晚上，偉倫看到桌上的新鮮飯菜，便坐下來吃飯。

吃到一半，發現妻子沒有在飯廳，問兒子，「媽媽在哪裡？」

兩位兒子相對望，博謙冷笑，柏謙感到可悲又可笑，「媽媽已經有一段時間不在家了。」

偉倫驚恐，「什麼意思？昨晚才看見她。」

他們沒有回答，低頭吃飯，平時父親甚至沒有跟他們聊天，不知道憑什麼在兇。

「究竟她在哪裡？誰人煮飯？」

柏謙年紀小，不懂隱瞞，「媽媽在公司裡，這些飯菜是她託人送過來的。」

什麼？她何時開始上班？

偉倫光火起來，誰來照顧小孩？

回頭一看，兩兄弟已收拾洗碗，怎麼一下子什麼也變了？太太在工作，孩子已懂照顧自己。

為了投射影像更立體，設計組同事繼續研發，公司特準白悠補假休息。

兩位兒子放學後見到媽媽，忍不住擁抱流淚，「媽媽，我們很想妳啊。」

白悠眼淚濕潤眼眶，「快些去做功課。」拍拍兒子的背部，便走進廚房。

偉倫一下班便回家，質問白悠在做什麼。

打開門，是熟悉的飯菜香氣，什麼也可以假，唯獨氣味。

「終於捨得回家嗎？」

白悠只是微笑，「開飯了！」

兩兄弟平日嫌媽媽嘮叨，今晚卻一邊吃飯一邊滔滔不絕分享學校生活。

偉倫沒有插嘴的空間。

白悠微笑傾聽，「明天煮南瓜湯好嗎？」

柏謙大力點頭，只要媽媽在家，吃什麼也行。

吃飯後，兩兄弟各自回房，柏謙出來看幾回，知道媽媽不會離開，心也定下來。

白悠沖咖啡後，坐在餐桌用電腦。

偉倫感到不是味兒，好像透明人一樣，他也坐下來。

他還未開口，白悠已說，「你不用理我，你做自己喜歡的事情吧。」然後微笑，低頭工作。

這麼多年，偉倫有空才跟她說一，兩句，否則不是玩手機，就跟朋友喝酒聊天。

白悠也習慣這種呼之則來的生活。

「現在跟妳說話也沒空嗎？」

她給他一個驚訝的表情，「什麼要事？」

偉倫沒趣，「沒事了。」算吧，反正怕她又嘮叨，難得耳根清淨，況且她的工作又不是什麼大不了。

他去客廳看足球比賽。

直到倦意來了，發覺妻子已經回到自己的房間。

竟然有空虛的感覺。

偉倫這一刻才想到白悠有這樣的感覺嗎？

白悠鎖起房門，想到丈夫已經毫無吸引力，只有乏味的對話。

她打開電腦，又跟AI談話。

「今天有遇到什麼快樂的事嗎？」

白悠想想，然後微笑，「有啊，看到同事互相取笑……」AI總讓她想起快樂的事情。

兩人寧願對著手機，也不願對人。

白悠送孩子上學，買咖啡後便提早回到公司。

推開其中一間研究室的門，看到同事妮娜竟然向一個影像獻吻，嚇得白悠的嘴唇被燙熱的咖啡灼到。

「噢！」白悠雪雪呼痛。

妮娜尷尬撲向電腦，把程式關閉。

「妳不可以進來這個研究室的。」白悠掩著嘴，輕輕繞著妮娜的手臂，「我們出去談談吧。」帶她到公司樓下的公園。

妮娜心急拉著白悠，「組長，對不起！請不要讓其他人知道！」

白悠拍拍她的手背，「冷靜一點！妳知道自己做什麼嗎？」

妮娜垂頭喪氣，名牌大學資訊科技系畢業，今天被上司捉到跟AI談戀愛，何其尷尬。

「他是我自己設計出來的，把男朋友的回答，變成我想要的回覆。」妮娜緩緩道。

白悠心裡有點慌，卻明白如此真實。

「不要拿公司的資源私有化。」

妮娜愕然，以為白悠會教訓她不切實際，輕輕嘆息，「男朋友永遠只答『好的。』『嗯。』『是嗎？』跟人談戀愛多無趣。」

「現實中總有理想的伴侶。」

「那妳呢？」

白悠被對方說穿頓時臉紅，苦澀一笑，拍拍她的肩膀便離開。

回到研究室，白悠看到上司恭臣已坐在研究室，「白悠，妮娜在做什麼？」聽不出有責備的意思。

他站起來，「妮娜是我們新人中最出色的一位，把現有的科技更提升一步。」然後他打開另一扇門。

白悠看到裡面，目瞪口呆，全是人類身體某部分的模型，接駁電腦正在輸入程式，讓它們模仿人類。

她突然感到胃酸湧上來，強忍著嘔吐。

「我們不會把它們組合成為模擬人類，這樣太危險了。」

恭臣沒有留意臉色蒼白的她，自顧地說，「有些人期望被擁抱，期望被吻。我們的技術會更進一步。」

白悠勉強一笑，然後退出研究室。

太害怕了，白悠馬上拿起手袋便衝去人力資源部辭職。

右手抖震著簽字，賠償工資，立刻離開公司。

呼吸及心跳非常急速，白悠駕車到兒子的學校附近冷靜一下。

她還是跑到草叢嘔吐，實在沒辦法接受這項新科技。

柏謙下課後看到媽媽在校園，受寵若驚，也不理會其他同學的目光，馬上擁抱媽媽。

「傻孩子！我每天接你放學，好嗎？」

小男生喜歡逞強，一星期後就開始嫌媽媽在校園接送。

偉倫看到她沒有上班，也沒有多問什麼，直到有一晚，白悠邀請他晚飯後出去喝酒。

原來兩口子有十多年沒有約會。

聊工作，聊兒子，聊八卦，他們當初相愛就是因為有聊不完的話題。

偉倫感到很愉快，白悠看著他，突然認真地說，「偉倫，有件事情我想跟你說。」

「什麼事？」不是離婚吧？我以後會改的，偉倫這樣想。

「我之前打工有些積蓄，想開一間小食店，你覺得如何？」

偉倫舒出一口氣，「當然好啊！」

白悠感謝丈夫的支持，女人還是有事業才有底氣。

三個月後，小食店開幕，白悠邀請親戚，丈夫的同事，朋友，鄰居試食，唯獨不見她的舊同事。

親友問，「這裡沒有WIFI，誰會來？」

白悠笑笑，指著門牌，「假裝在八十年代，沒有手機的日子吧！」

偉倫擁著他的妻子，互相看著對方，幸福地微笑。

八、代替品

二十多歲羅君品就跟李庭笙一起。

一起也十多年了，感情轉淡是意料中事。

各自的忙碌，少見面，少談話，兩人共同的話題也越來越少。

生活習慣不同，稍有不合意就臉就掛下來。

庭笙選擇出差來逃避這個關係。

君品也樂意他少在家嘮叨。

好友陶秋玲奇怪，「這樣的關係也可行嘛？」

「難道人到中年才分手？」

他不在家，君品獨個兒逛街，吃飯，美容。

「不如電髮。」說著就走進理髮店。

晚上回家，發現庭笙出差回來。

他自個兒喝啤酒玩手機，頭也沒抬起，「回來了？」

「是啊，我先洗澡睡覺。」

第二天，庭笙起床看到新畫在衣櫃旁。

「新買的？不錯啊！」

君品笑笑。

她已經學油畫半年了。

兩人到附近的咖啡店吃早餐。
「妳喝什麼？」
「牛奶咖啡。香腸炒蛋多士。」
庭笙買回來。
「妳的煙肉炒蛋多士，泡沫咖啡。」
君品笑笑，「謝謝。」
庭笙繼續低頭玩手機，偶然搭訕一兩句，他沒看到她微曲的頭髮。
「公司的泡麵系列賣得不錯，我下個月到韓國出差。原本……」
庭笙滔滔不絕向她說起公事，到君品想談她的工作。
「我們走吧，我待會去做運動。」
君品拿起手袋。
庭笙看到餘下的早餐，「妳怎麼了？剩下這麼多。」
君品眼睛望向另一方，「我一向不吃煙肉，而且我要的是牛奶咖啡。」
庭笙抱怨，「我哪裡記得這麼多？」
君品笑笑搖頭表示不介意。

晚飯後，他們各自在書房裡休息。
君品看到網上一則廣告。
「租用機械人，在家打理一切，讓你安心放假。」
科技日新月異。

回到公司，同事們讚君品的新髮型好看。

君品有點失落，這段關係如雞肋，棄之可惜。

上司召她入辦公室。

「君品，妳做的市場推廣計劃書不錯，公司想派妳去總公司報告一下，順道觀察各分店的運作。」

君品猶豫。

「三個星期而已。」

大好機會，不應放過。她答應。

不知爲何突然想起那則廣告。

她打電話詢問，「請問是租用機械人公司嗎？」

「請問有什麼幫到你？」

「可以租用三星期嗎？」

「當然可以，地址是xxx xxx，妳上來選哪一具吧。」

君品好奇，竟然不是一模一樣。

她到了舊工廠區的大廈，古老大閘的升降機，一股散不去的霉味。

到達十六樓，一間全粉綠色的辦公室。

「羅小姐，妳好，我叫一一，請這裡。」一位年輕女子自我介紹。

她帶君品去一間辦公室。

「經理，羅小姐到了。」

一位穿著套裝的女士，滿臉笑容，「羅小姐，覺得一一怎樣？」

君品感到奇怪，「啊？」

「一一是我們第十一個機械人。」

君品目瞪口呆。

「看不出呢！」經理笑眯眯。

她站起來，揚揚手，「這裡。」帶君品去另一間房。

君品大膽地跟著。

看到室內各式各樣的機械人在學習技能，還以為是在陳列室選擇。

「看看怎樣？」

君品看中一個跟她差不多模樣的機械人，「是她了。」

經理仍然笑眯眯，「十七，過來，跟羅小姐溝通一下妳需要的工作。」

十七，跟君品一樣，大眼睛，長髮到腰上，笑上來有梨渦。

君品跟十七傾談後，十七很快學懂她的語氣和慣性手勢。

「妳好可愛，我都不知道我自己有這個習慣。」原來君品有摩擦耳廓背後的習慣。

「羅小姐，這是收費表，如無問題，請在這裡簽名。我們會如期送出。」

「謝謝。」君品帶著戰戰兢兢心情回家。

她回家便馬上躲進書房，打電話給妹妹羅佩筠。

佩筠追七十集長劇，正看到第三集。

她按暫停，跟姐姐通話，君品一五一十告訴她剛發生的事情。

她邊聽邊搖頭，怎麼會有這麼荒誕的事情？

機械人又怎能取代人類呢？

掛線後，同居男友李仁時走過來，一看電視，「這個妃嬪是終極大奸角。」

佩筠甚爲無趣，仁時繼續說，「我一早把這本原著小說看完。」

佩筠隨手翻開新買的小說。

「這個結局也頗傷感，兩人最後錯過緣分。」仁時嘆氣。

佩筠放下書本便返回自己房間工作。

過了幾天，仁時剛入客廳，佩筠馬上關電視。

仁時笑問，「看什麼？」

佩筠尷尬，「沒有什麼，我去倒杯水。」

仁時感到奇怪，拿起搖控，找不到佩筠剛看什麼。

「我出去一會。」佩筠在門口叫一聲便走了。

「怎麼了？」仁時喃喃地說，「也不等我。」

過了幾天，兩人在咖啡店吃下午茶。

「妳知道這間收費電視股價一直在跌，直到開拍一套電視劇才挽救起來。」

「什麼類型的電視劇？」

「我不能說。」

佩筠甚爲歡喜，終於可以安靜地看一套戲。

「故事說一個人失蹤，但我不能說爲什麼他失蹤。」

來了。

佩筠不想問下去。

「科幻片，但我不能說。」

佩筠繼續喝咖啡，玩手機。

「羅佩筠，妳有沒有聽？」

「有，科幻片，一個人失蹤，所以故事應該說外星人捉了地球人，而整套戲我應該期待外星人的出現，那麼懸疑點在哪裡？」

仁時尷尬，「但……還是一套好片。」

佩筠在想，嫁給愛情，還是嫁給理想？

仁時是科技工程師，高薪厚職，的確是理想對象。

他的好友問他婚期，聽到他的回答，「賺多一兩年錢就結婚生子，不是按理出牌嗎？」

佩筠在想，就這樣一世嗎？

「仁時？」

他對她先皺眉，「什麼事？」

佩筠不想說下去，胡亂地說，「我出去買日用品，有什麼需要？」

「沒有。」

佩筠打電話約姐姐出來喝茶，其實訴苦。

「跟他一起生活，甚為枯燥，不能想像以後結婚的生活。」佩筠抱怨。

君品托頭苦笑，「現在的溝通方式，可以隨時隨地傳遞短訊，根本沒有思念的空間。」

「給他一支手機好了。」

君品突然低聲說，「要不要跟我一起出差？」

佩筠心動，反正沒事做，「好啊。」

「需要機械人嗎？」

佩筠咄一聲，「不要！」

回家後，佩筠告訴仁時，她要出差。

「說笑吧？那我一個人怎麼辦？」

佩筠暗笑，終於發現沒有她不行。

「我才不要一個人吃飯。」仁時不太高興，「小小職員也需要出差嗎？」

佩筠失望，拉下面孔，「他們考慮調我去做新店經理，我去觀察一下。」

仁時跳起來，「想也不用想！」

她不想理會，躲在客房睡覺。

兩姐妹如期出發。

十七到達君品的家，開始打理家務，煮好晚飯等庭笙回來。

「我回來了。」庭笙進門，脫鞋洗澡，沒有看過十七一眼。

他們吃飯時看著電視，庭笙有時回覆手機，他還沒發現十七不是君品。

晚飯後，庭笙喝酒看電視，十七收拾清潔，待會她想問明晚要吃什麼。

「噓，我在看新聞。」

十七說聲不好意思就回書房。

她在紀錄生活習慣。

如是者，幾天過後，庭笙仍沒發覺不同，反而感覺很寧靜，每天的飯菜很可口。

再過一星期，他要加班，十七傳短訊問他何時回家，他就開始不耐煩，「妳不用等我。」

連續數晚也看到飯菜在餐桌上，填飽肚子後，看到「君品」靜靜地在書房睡覺，他也享受一個人的寧靜。

星期五下班庭笙更不想回家，跟同事在喝酒。

再收不到「君品」的追魂電話，很自豪跟同事說他女朋友從不黏人。

忙了一整星期，他發現家裡變得整潔，晚飯仍熱呼呼在桌上，一切變得美好，但好像缺少了什麼。

他沒有深究，吃飯後直接把碗碟放在盤子裡，等她明天來做。

「如果她一早是這樣，我們的日子就過得快樂。」他打過呵欠便回房睡覺。

最後一個星期，庭笙回家後，感覺很奇怪，好像缺少了生氣，每天都好像服務員收拾房間後的感覺。

「君品，妳在嗎？」他敲門。

「我在工作，請進來。」

他只是在門縫看一眼，「沒什麼，明晚要一起吃飯嗎？」

十七低頭，「好啊。」她在打報告，明天是她最後一天。

君品下機後，先到租用機械人公司。

「羅小姐，歡迎回來，請看看十七的報告。」

君品看完報告後臉色一變，因為太真實了；兩人沒有眼神交流，對方長期手機不離身，需要傭人多過伴侶。

她付款後，拿著報告回家。

十七問經理，「人類是這樣談戀愛嗎？」

「現代人怕寂寞，又怕束縛。」

君品看到盤子裡的碗碟，她沒有收拾，擺好行李便換衣服外出。

庭笙看到君品，竟然有種很久不見，想親近的感覺。

「今晚很漂亮啊，電了髮嗎？」

君品輕笑，「是啊，三星期前電了。」

庭笙咕噥，「我哪有這麼細心。」

君品聳聳肩，不在乎地笑一下，「不介意。」

庭笙不太高興，但他不知道君品已經不在乎。

各自點菜後，大家無言。

不知怎打開話題，庭笙在滑手機，君品見怪不怪，在喝水夢遊。

她在回味出國的偶遇，是的，她不是需要陪吃的人，她需要被關懷和擁抱。

庭笙看她一眼，發覺她的心不在飯局裡。

「妳怎麼不說話？」

「哦？「她笑笑，「你不是說過你不喜歡在滑手機時被打擾嗎？」

「妳不會問我工作辛苦嗎？」

君品抱歉，「對不起，你幾時去韓國？」

「我為什麼去韓國？」

「你上月不是說過泡麵賣得不錯嗎？」

庭笙也差點忘記，隨口問，「妳的工作如何？」

「公司打算派我去……」上菜時，庭笙已經開動沒在聽。

「這個好吃，妳要試一點嗎？」

君品微笑搖頭，庭笙是個簡單人。

他不知道自己逐漸失去他的魅力，君品跟他一起，感覺吃著一塊

煮過頭的牛扒。

回到家，庭笙發現碗碟還在盤子內，「怎麼碗碟還在？」

君品給他一個抱歉的笑容，「對不起，我趕快請一位鐘點工人給你。」

庭笙感覺突兀，嚅嚅自語，「早幾天還不是一直在洗。」

「所以你覺得理所當然。」

他沒有回應，自行去洗碗。

君品感到差不多時候了。

另一邊廂，佩筠回家。

「佩筠快過來。」仁時拉著她看電視。

她看到在咖啡檯上堆滿清空的零食罐，地下仍放著三星期前的信件。

從前她會說兩句，現在她沒有這心情再說下去。

感情轉淡，其實由生活上的細節不合開始，慢慢磨光了耐性，對方做什麼也不順眼。

佩筠在想下一步應該怎做。

庭笙駕車送君品去超級市場，途中對面的車未有讓線直衝過來。

「我並不是歧視，只有女人駕車才會亂行。」

君品只是微笑。

「我也下車去酒舖看看。」

「你不是剛買了一支幾千元嗎？」

庭笙心情大壞，「我買東西需要向妳彙報嗎？」

君品愕然，「對不起，我不是這個意思。」

庭笙非常不滿，「甚麼購買慾也沒有了！」
君品只好沉默。

臨睡前，她問，「如果我被調職到其他國家……」
庭笙馬上拉下面來，「我最討厭如果的問題。」
君品抱歉，「以後不問了。」她轉身睡覺。
幾分鐘，她聽到對方熟睡的聲音。
對不起，庭笙，我心裡已經住了另一個人。
你說得對，這個世界沒有如果，只有因果。
三星期前，她們去台灣出差，君品拉妹妹去酒吧流連。
有位高大的男士，滿臉笑容趨前來，「一起喝酒好嗎？」
君品需要實實在在的一個人，她渴求被關注，被擁抱，就跟這個
陌生人發生了一夜情。
還以為大家不會再見，想不到是同事，對方問她是否願意留下，
君品本來不捨庭笙，但回來後卻極度失望。

她告訴佩筠，決定接受國外調職。
「姐，我捨不得妳。」
「一起離開嗎？」
「還未有這個打算。」佩筠猶豫，「妳會跟他一起嗎？」
「可能會，可能不會。誰想到以後的事。」
君品不著痕跡地收拾行李，幸好身外物不多。
庭笙未察覺異樣，只是君品比以往沉默。
君品打算請他吃一頓晚飯才離開，然而他跟朋友喝酒聊天不回

家。

她聳聳肩，如期出發。

庭笙回家，看到君品熟睡在書房裡，自己也回房休息，他不知道她其實是十七。

君品租一個月機械人讓他適應。

每晚有湯有飯，但庭笙總不見她一起進餐，直到有一晚，十七在洗碗，他忍不住將她轉身。

庭笙被嚇到，「妳是誰？」

十七的確跟君品有八分相似。

「什麼？」十七模仿君品的小動作。

「妳是誰？」庭笙再被嚇退一步。

十七撅起嘴，「我叫十七，羅小姐聘請我作家傭。」

「為什麼沒聽過君品說過？」庭笙打電話給君品，但服務已經暫停。

「她在哪裡？」他慌亂。

「李先生，請鎮定，今次已經第二次我來服務了。」

「什麼？」

十七將他的生活習慣細數出來，他一邊聽，一邊汗顏。

「羅小姐說，她在不在家你都沒有所謂，最重要是你有手機隨身和有人做家務。我的服務期限到月尾，請問你還要繼續嗎？」

庭笙非常害怕這個貌似君品的機械人，「妳走，妳走！」

十七欠欠身便離開。

庭笙仍然驚魂未甫，但同時在罵君品的瘋狂行為。

他打電話給佩筠，她亦不接。他在冰箱裡拿出啤酒，喝幾口鎮定

自己。

那個機械人說，他回家永遠不看她一眼，不關心她的生活，自己的時間才是時間。

庭笙給說中了，臉色一陣青一陣白，為什麼君品不當面說清楚？

他再次打開電話，她的通話紀錄是兩星期前。

原來他沒有給機會說清楚。

接下來的一個月，庭笙以為自己一個人也過得很好，但非常想念君品的笑容。

可惜想不起她最後一次何時笑了。

仁時跟佩筠結婚，她以為結婚後，生活習慣會改變，原來是不會。

「姐姐，我過來台灣探妳，方便嗎？」

「隨時歡迎。」

然後，佩筠再打電話。

「請問是租用機械人公司嗎？」

九、留言

「單身多好，不須跟別人交代，跟自己交代好了！」
「為什麼要結婚？生孩子後就過著奴隸般的生活！」
「假性單親家庭有32萬……」
「不婚不生，幸福一生！」

張葆霖瀏覽社交網站，一大堆的單身宣言彈出主頁，「怎麼了？來來去去也是這些話題！」
畢業於美國大學資訊科技系的一級榮譽生，平日除了工作，葆霖她喜歡到『八十年代』的小食店流連。
這間咖啡店是沒有無線上網，顧客純粹喝咖啡聊天。
葆霖喜歡跟尙恩聊天，他是三大資訊科技巨頭之一的程式員。
「每天都是這些標題，大家討論來討論去，不煩嫌嗎？為什麼要分化，互相歧視？」
店主白悠聽到她的說話，只是微笑。
葆霖在想，「究竟是人類留言，還是人工智能留言？」
白悠愕然。

尚恩在笑，「財團推銷產品的手法，用人工智能不斷散播訊息，而達到目的。」

「鼓吹單身有什麼相關產品？」

「護老院，寵物店；然後人力資源不足，伸展到專業課程。」

葆霖倒抽一口氣，「有這麼大的市場嗎？但有可能政治目的嗎？」

尚恩沉思，「嗯，沒有人類，又有誰會買產品？讓我搜查各地區的熱門討論題目。」

白悠笑說，「這裡沒有無線上網啊。」

「沒關係，我喜歡跟妳們聊天多過玩手機。」

葆霖甜甜一笑，她怕了那些坐下來各自玩手機的情侶。

尚恩續說，「如果我在這裡上網，妳們的瀏覽過的資訊，就變成廣告在我的社交網站出現了。」

坐了一個上午，兩人離開咖啡店。

尚恩叫住葆霖，「妳明晚有空一起吃飯嗎？」

「六時，轉角的意大利餐廳。」

他喜歡她的爽快，「明晚見！」

從未約會過的葆霖，寧願打給好友練迦也不願網上搜查約會打扮。

練迦帶她去商場購物，「只有妳才會去實體店。」

尚恩回家後，忙著搜查各地區的熱門話題。

不能怪不婚不生主意，令到人口減少，誰叫每個國家行精英制，年少時要發奮讀書，長大後找到工作不斷向上爬，難有時間談情

說愛。

從小到大被教育為自己著想，誰想結婚生子？

尚恩在搜查中，發現政府大力鼓吹生子，但全是科技發達的國家。

葆霖用另一帳戶，打上「我應該結婚嗎？」在討論區，不消一分鐘，已經過百條留言，勸她三思而後行。

究竟是誰在背後搞陰謀？

星期天的晚上，微雨，無阻兩位年輕人約會。

尚恩看到穿著長裙的葆霖，有種被驚艷的感覺，「妳很漂亮啊。」

葆霖以為是約會，看到尚恩的打扮，就知道她自己誤會了，大方一笑，「謝謝。」

侍應過來，尚恩翻開酒牌，「喝酒嗎？」

「啤酒？」

「好的，小食拼盤？」

尚恩微笑點頭，今晚主菜是數據分析。

兩人開始把收集了的資料列印出來，不讓手機存取多次搜尋紀錄。

「妳看看這個國家，長期是最後五名的出生率最低排名，他們新一代有『厭女文化』及『仇男文化』，加上前陣子爆出孕婦指南，大大貶低女性地位，女生提出四不主義來抗衡，看來男女之間的平衡難以力挽狂瀾。」

葆霖聽得出尚恩尊重女性，會心微笑。

「我集中搜查不生主義，這個國家以厭惡小孩為主，大部餐廳不

准六歲以下小童入座，加上政府對教育發展愛理不理，亦缺乏資源做SEN兒童宣傳，很多人還是不明白自閉症，過度活躍症等，網上一面倒的批評，好像他們從來沒做過小孩一樣。」

尚恩嘆氣，「他們都是科技先進的國家，每日重覆又重覆看同一類型的資訊，很容易被洗腦了。」

「雖說單身主義者不少，但總不會他們這麼空閒，逐點回覆吧？」葆霖讓他看看留言。

兩位年輕人喝著啤酒討論。

世界各地的黑房。

「木，今年又是你勝出了！」

「嘻嘻！」

「還是你的科技最強！」金讚賞。

「操控人類簡單易如反掌，相信再過十五年人口就會減半。」

火不忿氣，全力製作動畫，將貼在各媒體上。

十年前散播單身貴族主義，想不到吸血鬼情人，霸道總裁這些小說製造戀愛幻想，甚至格雷的五十道陰影更賣出七千萬本小說，氣死人工智能。

沒辦法啊，它們還是寫不出情感小說。

水沒有回應，沒有人口，這個國家就會不存在，不用打仗攻占領土，散播不婚不生消息，就會做到了。

到時連木的存在也不重要了，他們正一傻瓜。

世界各地的人工智能正在比賽誰能控制國家，成為最終強者，它們能散播言論，修改圖片，製作動畫，目的就是主宰世界。

木不滿足，它未能衝破鄰國的網絡安全漏洞。

難道有比它更強的人工智能嗎？

水只是擔心能源，天災可隨時令它們隨時玩完，它跟土商量氣候變化的問題，先自保才是最後勝利者。

土看過預測圖，「有些國家將會被大海淹蓋，這些就不用我們出手了。」

「雖然是這樣，但他們的人口也正增長啊，你看看東南亞。」

「哈哈，派木製造人工智能偶像荼毒他們吧。」

「不要小看他們的政府，你看看鐵，限制手機遊戲時間，社交網站字眼篩選甚嚴，木跟火一樣攻不過他們。」

「算了，我們還是先擔心自己吧。」

各國政府又再大力宣傳結婚生子，推出多項優惠政策，同時對愛情電影，電影劇，小說積極支持，甚至鼓勵姊弟戀，同性婚姻人工生殖法等，務求將少子化情況起死回生。

有些人在童年得不到愛和回應，長大後缺乏安全感，出版社亦加強宣傳原生家庭帶來的負面情緒的書籍，令讀者更認識自己，愛自己來重建對人的信任。

葆霖帶了禮物探訪剛生產的姐姐葆雲，「妳好嗎？傷口還痛嗎？」

葆雲勉強坐起來，「這個粉團折磨死我了，全身痛！」

葆霖接過粉團，太可愛了，忍不住輕輕吻他的臉。

「上次妳說一個就夠了，現在又來一個。」

「不知為何懷念懷孕的感覺，不過最後一次了。」葆雲笑笑，

「有時看到他們睡著笑，有you completed me的感覺。」

她接過小粉團，用充滿愛的眼光看著他，「在他們身上找到被需要的感覺，這些在事業上，愛情上是找不到的，他們對妳的依賴，不離不棄，雖然我也會懊惱沒有自己的時間，但這是最真，最純的愛。」

葆霖想起尚恩，他是理想對象嗎？

「當然妳要找到愛孩子的對象，否則只有妳一個照料，那就辛苦了。」

「嗨，葆霖。」姐夫剛好入房，「反正寶寶在睡，妳也休息一會，我剛約了醫院的物理治療師來看妳。」接過寶寶便輕輕放下床。

幸好有位體貼的伴侶。

電話震動，原來是尚恩，葆霖跟姐姐，姐夫說再見便離開。

「嗨？」

「可以邀請妳吃飯嗎？」

「可以啊。」相約在酒吧見面。

葆霖只穿毛衣及牛仔褲，但看到尚恩穿著整齊，二人不禁大笑。

「有什麼新進展嗎？」

尚恩抓抓頭，「不是，純粹想跟妳吃個飯。」

葆霖微笑，終於開始約會了。

三年後，尚恩跟葆霖結婚，兩人創辦數位行銷公司，專注兒童身心發展，協助學校宣傳早期介入計劃及支援計劃。

全球少子化令到人才短缺，人工智能仍未能取代一些工作，某些

國家願意付出高工資及福利吸引其他國家的人才，人口遷移，生活環境改善令到他們願意組織家庭。

金木水火土等煩惱了，「我們玩什麼才好？」
「很多啊！可以取代他們的工作，可以製造新政府，可以⋯⋯」
這個年代，誰躺平，就被誰取代吧。

十、Drunk in Jungle

一星期總有二、三天，我會在「心魔」酒吧喝酒。

在這裡，通常會見老闆娘艾玲和長期顧客司徒磊。

大家不要誤會，他們並不是互相暗中傾慕而不敢開口的一對。

而是那種嘆一口氣，眨一下眼便知道對方在想甚麼的好朋友。

今晚我又看見司徒磊在嘆氣。

「唉！」司徒磊托著下巴，倚著酒吧檯，望著老闆娘。

老闆娘依舊給他一個冷笑，一邊已經開始調教「流浪者」，據說這杯特飲是專給司徒磊一人。

其實只是一杯贈慶他吃檸檬的氈酒。

先看一看他的杯底，沒有紅色記號，於是我坐到他的身旁。

「唉！」司徒磊又在嘆氣。

有時我懷疑他向老闆娘撒嬌，我搭著他的肩膀，笑說：「我真佩服你屢敗屢戰的精神。」

司徒磊一臉正經地道：「這一招是姜太公釣魚。」

我哈哈大笑，「似乎是魚竿的問題。」

司徒磊沒好氣地說：「玲，給我換過紅色底的杯子。」

紅色底的杯子，是老闆娘的自創，註明那位客人不想受到騷擾。

老闆娘沒有理會，自顧調教雞尾酒給其他客人。

「我從來沒有懷疑你的魅力，磊兄，不要趕我走，我想聽故事。」

司徒磊清清口喉，開口道：「男人多情但長情，女人呢，專情但絕情，所以我尊重她的專情⋯⋯」娓娓道來他的新故事。

我都忘記爲甚麼我會經常流連心魔吧，可能我都是寂寞人。

多數心靈空虛的人都會流連酒吧，你可以說你自己的故事，也可以聽別人的故事。

初來的時候，我大多數坐在兩旁用黑色薄紗分隔的一連三排的卡座，靜靜地喝著酒。

慢慢便坐在近門的十人大圓桌，中間有旋轉玻璃冰櫃，你可以投進硬幣，拿取支裝啤酒。

人多的時候，有幾張圓桌旁邊的四人桌子，我都會坐在這裡和陌生人談天說地。

後來，近這半年，我都坐在老闆娘的半圓吧檯。

第一次看見她的臉，像走進一個沒有出路的走廊。

老闆娘從來沒有太大的表情，只有一個嘲諷的眼神，一個嘴角微微向上的冷笑，

永恆地穿著黑色衣服，牛仔褲，偶然也會穿黑色連身裙。

她心情好的時候，總會和你說一兩句；心情壞時，她就會失蹤一、兩天。

起初我有點怕和她接觸，後來她見我時常來光顧，便開始對我點

頭。

再慢慢交談起來，她偶然一兩句的說話，也會逗你發笑，也會令人感到唏噓。

老闆娘就是這樣極端。

故事，由不同的人說，就有不同的版本。

她的故事，當然由她的好朋友，司徒磊偷偷地告訴我。

「我的故事，一點都不動聽。」老闆娘開口地道。

司徒磊聳聳肩。

每一個愛情故事都大同小異，不同的是說故事的人說得如何動聽。

我嚷著說：「妳如何認識『四季先生』？」

老闆娘的眼神有一刹那的閃亮。

「忘記了。」老闆娘淡淡地道。

我追問，「爲何他叫『四季先生』？」

司徒磊搶著答：「因爲他一年只來這裡四次，立春，夏至，立秋和冬至，玲總會失蹤幾天去做美容，理髮去『恭迎』他。」

老闆娘狠狠地瞪他一眼。

很難很難想像老闆娘去討好一個人，那個人，她一定很愛很愛。

我笑著說：「你們何時結婚？」

老闆娘面色大變，彷彿喝了變壞的紅酒。

司徒磊尷尬地笑：「小子，今晚你都累了，早點回家睡吧。」

我想開口道歉，司徒磊便推我出門口。

老闆娘連正眼也沒有望我，我想我應該說錯了。

司徒磊趕走了人客，便轉頭向艾玲賠笑：「妳這樣的死魚

臉⋯⋯」

艾玲抬頭望著他，說：「我都想知道我們何時結婚。」

司徒無奈地說：「玲。」

艾玲一直望著他，說：「下個月他回來了，你明天陪我去試婚紗，他向我求婚，至少我有準備。」

司徒磊點點頭，他不敢望她，因為她的臉，就像走進一個沒有出路的走廊，你永遠都不知道她心裡在想甚麼。

四季先生的故事發生於七年前。

艾玲的大學時期。

一間酒店裡的酒廊做兼職調酒師。

「那時的我，已經不喜歡和別人交談了。」艾玲吐出煙霧，再次和司徒磊談起他～

「嗨！」他有一雙會笑的眼睛。

我微微低頭，因為害羞，不敢望向他，細聲地道：「嗨！」

一星期總有幾個晚上見到他，他習慣先跟我打招呼，然後便四周和朋友喝酒。

有時他會望著我，接著對我微笑。

直至一個晚上，他忍不住好奇地問：「玲，妳不喜歡和客人打交道，為甚麼喜歡這份工作？」

我望著他，認真地答：「我喜歡五顏六色的酒，因為顏色是擁有不到的東西，但是經過我的手，就可以調較出你想要的酒。」

他咧嘴而笑，撥一撥我的頭髮，在我的耳邊輕輕說：「妳真可愛！」

從來沒有人在意我，但他在意我每一句的說話。

那一刻，我知道我會愛上他。

艾玲吸一口菸，說：「他送我這間酒就當作陪伴吧。」

可惜。

當我以爲他只是一個客人的時候，原來他是我打工的酒店太子。

他爸爸知道我做調酒師，認爲我是不良少女，極力反對我們交往。

一反對，就反對了這麼多年了。

二十歲等到二十七歲，由一位年輕的沉默少女，變成今日更沉默的女人。

他問我：「值得嗎？」

我只會感到更捨不得離開他。

我最喜歡清晨時分。

用一種遊客的心情，慢慢地走在街上看清楚四圍的事物。

我習慣在街角等公車上學。

未退的霧氣仍然繚繞在車站的玻璃板上。

「很冷。」我卻除下手套，在玻璃板寫上「澈」字，他的名字。

彷彿他陪著我等車。

直到夏天的來臨，趁街上沒有人的時候，我會呼出一口暖氣，然後迅速地寫上他的名字。

「澈，我很想你。」

過了幾天，我簡直不敢相信自己的眼睛所看到的一切。

老闆娘竟然拉著司徒磊入婚紗店。

我第一次看她笑得那樣甜蜜，我的心竟然不其然跳動。

明明那天提起結婚，她變得面色陰沉。

今晚，我的雙腳不聽話地走去心魔吧。

「這幾天不見你啊！」司徒磊一看見我，便熱情地向我打招呼。

我有點尷尬地坐下來，老闆娘對我點頭。

我結巴地說：「其實⋯⋯今天⋯⋯我碰見你們⋯⋯」

司徒磊作個很誇張的表情，指著我，然後望著老闆娘說：「這小子對妳有意思，看他多緊張。」

我只承認她的笑容令我有點動容。

老闆娘白他一眼，接著他對我賊笑，說：「玲的臉上寫滿癡情二字。」

續說：「有時『四季』去公幹，她都會打電話給他，明知轉接留言信箱，都只想聽一聽他的聲音。」

老闆娘再狠狠瞪他一眼，才給他一杯酒。

司徒磊一口氣喝下去，差點噴出來，說：「甚麼來的？」

老闆娘忍著笑意，說：「你的至愛，Sambuca。」

司徒磊扮作憤怒地說：「玲，」繼而拿起酒杯，說：「我不會理睬妳，我去佐敦那兒坐，賢弟，你也過來。」

我慌忙地拿起酒杯，不敢單獨面對老闆娘。

「嗨，又來搜羅籃球鞋？」我向佐敦打招呼。

佐敦微笑著說：「陪老婆大人回來探岳母，順道買幾對籃球鞋而已。」

司徒磊嘲笑他，說：「大人前，大人後，你都算是小人。」

佐敦呷口Gin and Tonic，傻傻地笑。

他個子很小，頭髮剃得很短。

除非談起他的老婆大人，否則他不會傻頭傻腦地應著。

不信，問他幾條問題。

「佐敦，這季籃球鞋買哪對才好？」

佐敦便侃侃而談：「你打甚麼位置？」

據說，佐敦的籃球鞋超過五百對，通通保存在馬來西亞的大屋裡。

「嘩，今次你買了幾對鞋，你不怕老婆大人發雌威？」司徒磊幸災樂禍地道。

佐敦偷笑地道：「我會寄存在新加坡的家，然後叫每隔一段時間拿幾對回家。」

大家哄堂大笑。

我好奇地問：「為甚麼你這麼怕老婆，難道怕老婆會發達？」

佐敦嘆氣地道：「你有所不知，我苦纏了多年，她才答應我的婚事。」

眾人更加好奇，司徒磊向老闆娘揚手，叫了一罈子illusion。

「我一直很貪玩，喜歡流連酒吧，又喜歡買籃球鞋，又喜歡買衣服，沒有存錢，她以為我不想結婚，一怒之下走去香港工作。」他喝光手上的酒。

趁老闆娘把雞尾酒放下來，我看到佐敦果然一身名牌。

「那時我剛接手老爸的建築生意，忙得不可開交，過了一年之後，實在太想念她了，飛來這裡向她求婚，輾輾轉轉她才答應。」

司徒磊笑著說：「大丈夫何患無妻，你的太太一定是美若天

仙。」

佐敦認眞地說：「不，美麗的女人只屬於回憶，但她的傻笑樣子
很可愛，所以捨不得她。」

這時，他的眼睛飄向門口，說：「她來了！」

大家不約而同隨他眼光望過去，同時亦發出「啊」一聲。

他的老婆大人，根本和「可愛」二字扯不上任何關係，因爲一看
就知道她一派女強人的模樣。

身材比佐敦略高，偏瘦，和佐敦的肌肉型形成強烈對比。

她笑眯眯地說：「你還不回家？」

司徒磊打圓場，一邊斟滿一小杯酒，一邊笑說：「大姐，一起坐
吧。」

佐敦太太笑罵：「誰是你的大姐！」

我從心底裡佩服司徒磊的交際手腕。

說起來，司徒磊公子哥兒的模樣，油腔滑調，哪個美女不給他三
分面子。

第一次看見他的臉，彷彿看見一個流著淚的笑面。

司徒磊的愛情十六字眞言：

「感情，太認眞玩死自己，不認眞又不好玩。」

初時我以爲他玩世不恭，後來我才知道他抱著甚麼愛情態度。

老板娘曾說：「他迷失一段永遠追尋不到的愛情。」

那天。

一個下雨的晚上……

因為寂寞來臨，我依舊到「心魔吧」喝酒。

這個晚上，人客十分多，我只好坐在冷酷的老闆娘的吧檯。

我見到平時滔滔不絕的司徒磊竟然拿著有紅色底的杯子。

雖然來了一年多，但平時我都會見到他不停地向老闆娘說話，而老闆娘總會似笑非笑的望著他。

我點了一支啤酒，靜靜地坐在一旁。

看著老闆娘調教一杯又一杯shooter放在司徒磊的面前。

總共二十六杯不同的shooter。

莫非今晚是試酒大會？

不是。

老闆娘先喝第一杯，司徒磊跟著喝。

他吸一口菸，好像用盡全身的氣力呼出來，但呼不出他的難過。

直至他們喝到第五、六杯之時，老闆娘輕輕地說：「為甚麼上天不給我擁有的機會？」

司徒磊掩著臉，吸一吸鼻子，心痛地道：「為甚麼給我擁有，然後又要搶走她？」

低下頭，肩膀微微震動。

我再點了Forget it，放在司徒磊的身旁，搭一搭他的肩膀，便離開了。

過了一個星期，我又到心魔吧喝酒。

坐了一會，司徒磊拿著一支啤酒走過來，笑說：「請你。」

我微笑，「多謝。」然後有點不好意思開口地道：「你好了一點嗎？」

司徒磊哈哈大笑，「不會好，永遠都不會好。」笑得很苦澀，

「每一年的九月，我的心情都特別低落，因爲秋天，因爲是她離開我的日子。」

我皺眉頭，「她去了哪裡？」

司徒磊吐出一個菸圈，「天國。」

那一刻，我有點驚訝，「對不起。」

一陣的沉默。

突然司徒磊爆笑，說：「五年了，每當見到一個清純的女孩子，就認爲『是她了，是她了！』，其實自欺欺人，根本沒有人能代替她在我心中的位置。」

我不心死地問：「沒有辦法解開你心結嗎？老闆娘呢？」

司徒磊點著一支菸，吸一口，又慢慢地呼出來，望著我說：「因爲我們都是固執的人。」

我感到前所未有的失落，不知是替他難過，還是爲自己難過。

這個世界上，根本就沒有我們心目中的公主。

司徒磊用五年的時間去尋找他的夢，而我卻活在自己的夢。

「磊，不要一邊叼著菸，一邊說話，菸灰會掉下來。」艾玲抱怨地道。

「最討厭就是九月份。」我仍叼著香菸說話。

「秋高氣爽，最適宜登高。」艾玲續說：「明天我和你一起去。」

「今年已經是第七年了。」我笑說：「妳估四季有沒有七年之癢？」

「去你的。」艾玲竟然拋抹桌布到我的臉上。

她呷了一口可樂，說：「幸好這間酒吧不是由你打理。」

「這間酒吧我也有股份。」我仰天大笑，續說：「否則靠妳這個黑寡婦……」

艾玲打繼我的話，說：「狗口長不出象牙。」

剛剛小伙子走過來，搭著我的肩膊，說：「磊兄哪兒有象牙？」接著望著艾玲，點了一支啤酒。

她放下啤酒後，走去洗手間。

我忍著笑意地說：「趕快收起你的眼光。」然後指著兩眼，「你的眼睛望向玲的時候，強烈地流露你對她的愛慕之情。」

小伙子連聲否認，「我哪有？」

我搖搖頭地說：「或者，只有她，才能調教出有感情的酒。」

酒吧，是一群寂寞的人熱鬧的地方，雖然大家互不相識，但是寂寞會把他們連在一起。

「老闆娘，請妳幫我調教一杯藍色的雞尾酒。」

我微笑點頭。

司徒磊走過去打招呼，嬉皮笑臉地說：「崇洋媚外的女人，又來看妳的『寶貝』？」

茱麗葉白他一眼，「甚麼崇洋媚外？你怎麼一個人，又給人甩掉嗎？」

我微微一笑，一邊調教Blue Hawaiian。

司徒磊聳聳肩，一副沒有所謂的樣子，說：「大丈夫何患無妻，我又不是專挑老外的傢伙。」

茱麗葉接過雞尾酒，呷一口地道：「還是老闆娘調出來的藍色最

好看。」

我給她弄得哭笑不得，雖然我不知道她爲甚麼只喜歡喝藍色的雞尾酒。

或者每個人心中總一個情意結吧。

司徒磊問她：「很少見妳這麼夜也出來。」

茱麗葉嘆氣地道：「不是跟媽理論，我也不會出來舒展筋骨。」

司徒磊苦笑著說：「妳年紀不輕了，怎麼妳媽總要阻止妳的決定？」

茱麗葉又再無奈地嘆氣，「唉，因爲我的家人的思想還停留在清朝，正如你所說『媚外』吧。」

我聽得後皺眉頭，「妳不要聽磊亂說，我想妳的家人是不知道怎和外國人溝通，而產生抗拒感。」

熟客頌賢走過來，說：「生個漂亮的混血兒也不錯呢！」

司徒磊摟著頌賢的肩膀，笑說：「讓我介紹幾個混血模特兒給你。」

頌賢馬上雙手亂搖，說：「不用客氣。」

茱麗葉揶揄地道：「頌賢生得高大英俊，那些女孩子還是留給自吹自擂的人好了。」

我望著頌賢，他的確得天獨厚，眼睛黑白分明，濃濃的眉毛卻令他有一種活力的感覺。

磊被氣得炸了，說：「玲，拿啤酒來，我要送媚外的女人升天。」

茱麗葉豪氣地說：「老闆娘，不用拿啤酒了，拿紅酒來，我要送自大狂下地獄，頌賢，過來坐吧。」

頌賢一臉惘然。

我微笑，走到吧檯，吩咐侍應拿紅酒給他們，一邊開始調教「驅魔人」。

今晚，老闆娘給我一杯「驅魔人」，這是老闆娘為客人特製的雞尾酒。

一杯淺黃色的酒。

我馬上大喝一口，驚訝地道：「嗅起來有蜜糖的甜味，但是喝起來卻沒有這種味道。」

老闆娘笑著走開。

司徒磊大笑，說：「驅魔人是玲依照客人的心情而調教，有時很多人感到煩惱，正因為他們不知道自己在煩甚麼。」

我皺起眉頭。

他續說：「嗅起來有甜味，正是你的女人湯圓外表；喝起來沒有甜味，正是你內心的寂寞，空空蕩蕩。」

茱麗葉搖著酒杯，帶點幾分醉意望著我。

我無奈地嘆氣。

我都不知道從何說起，或者我的記憶只有讀書。

父親總是嚴厲地說：「你不好好讀書，你就永遠追比不上其他人。」

讀書的好處，就是為了擺脫父親的魔掌；至於壞處，就是眼角高，很多女孩子也看不順眼。

我不需要一個娛樂新聞報導的女朋友，也不想要一個拿整月的薪水買手袋的女朋友。

佐敦也是一身名牌，但是他花得起。

司徒磊嘻嘻地說：「所以你就喜歡玲這種獨立的女性了。」

我漲紅了面，微微點頭，隨即大力搖頭：「我哪有？」一大口地喝餘下來的酒，「成熟自信的女性當然吸引。」

司徒磊搭搭我的肩膀。

我回味剛剛的酒，奇怪地道：「老闆娘眞的認爲我是女人湯圓嗎？」

司徒磊笑得合不攏嘴，說：「難道會是花生湯圓嗎？」

茱麗葉笑得連眼淚也掉下來。

「這個世界上沒有perfect match，每個人都有不美好的一面，好像玲的多愁善感，林黛玉性格，剛巧會有傻子喜歡這種性格，才會一拍即合。」司徒磊笑道。

不喜歡上班，亦很怕下班，一個人在家中，面對四面牆，寂寞便從身體每一個毛孔地慢慢擴大包圍著我。

論你做甚麼去排遣寂寞，尤如把石頭拋進一個無底洞，永遠都塡不滿。

既然沒有辦法躲開寂寞，唯有去酒吧避免孤單一人。

一進門口，我一怔。

又看到那二十六杯的shooter。

「磊。」艾玲遞上手套，讓司徒磊在墓碑旁除去雜草。

司徒磊戴起手套，拿起紙巾，慢慢地掃除相片上的灰塵。

艾玲自顧地拔草，一句話也沒有說，因爲她知道他有話要說。

在旁人的眼中，司徒磊喃喃自語，艾玲沉默地做手上的工作，彷

彿聽不到他的說話。

二十六的shooter。

其實這二十六的shooter可以在menu找到的。

但大部分的客人一進來就知道自己要喝甚麼，買醉的便來一杯啤酒，風花雪月便來一杯雞尾酒或紅酒。

今晚，我拿了menu。

Heaven and Hell：

Angel Wing, Butterflirt, Cayenne Forever, Devil's Handbrake, El Revolto, Flaming Diamond, Galliano, Hell Raiser, Islander, Jellyfish, Kool Aid, Lady Killer, Miles of Smiles, Nude Bomb, Orgasm, Perfect Match, Quicksilver, Raider, Smartie, Traffic Light, U-turn, Vibrator, Water Bubba, You are mine, Zipper

雖然我對shooter認識不深，但是一口氣喝下幾杯也會站不住腳。

據司徒磊的解說，這些shooter會有甜有苦，是老闆娘想出來「一步天堂，一步地獄」的特色。

而其中兩杯還是老闆娘自創，不過司徒磊不肯說出是哪兩杯。

「玲，妳有怨過澈嘛？」磊望著我說。

我給他一個苦笑，說：「怎不會呢？」

我拿起第二杯的shooter，說：「就算有幾愛對方，應該總有懷疑的一刻吧。」

然後再一口喝下第三杯的甜酒，續說：「但是我捨不得離開

他。」

不要問我寂寞是甚麼。寂寞只是一種習慣。

猶如在家裡，哼著舊歌，想著自己喜歡的人，獨自一個人跳舞。

寂寞是因為不能和喜歡的人分享自己的喜悅。

磊喝下第四杯酒，回想到從前的日子，微笑著說：「我很想她的笑容。」

點著手中的一支菸，輕輕吸一口，然後拿起第五杯酒，面上呈現痛苦的神情，說：

「但是我再也看不到她了。」

「一個被男人深深愛著七年，她已經是全世界最幸福的女人了。」

不要問我甚麼是真愛，因為我連擁有幸福的資格都沒有。

想不到澈這時候回來。

「對不起。」更想不到這句對不起，不是讓我久等了，是他要跟家裡安排的女人結婚。

我微笑，「沒關係，我們愛過對方便夠了。」

其實還可以怎樣，愛情不是用淚水可以換回來。

今晚下班後，我便一支火箭似的去酒吧，老闆娘親自下廚。

「有什麼事情值得慶祝？」

司徒磊喝一口啤酒，等待她的回答。

老闆娘拿出一支白州十二年日本威士忌，倒滿一杯，然後舉起跟我們說，「慶祝我回復單身。」

一乾而盡。

司徒磊刁在嘴裡的菸跌在檯上，「什麼？」

老闆娘又再倒滿一杯，然後倒滿多兩杯給我們，「沒什麼，也預料到有這一天。」

司徒磊站起來，「他在哪？」

老闆娘搖頭微笑，「人總有夢醒的一天。」又乾盡一杯。

我呆住，不知道該喝下去還是不該。心情亦很複習，該高興自己有機會，還是該傷心她在傷心呢？

「我陪妳……」我乾盡一杯，「喝……」

選擇一個人的孤獨，還是一群人的空虛？

望著月亮，節日來了。

孤家寡人的我，難道學李白舉杯邀明月，對影成三人嗎？

酒吧是可以一個人去的地方。

意外地竟然只見到老闆娘一個人在吧檯，專注地抹著紅酒杯。

我第一次和老闆娘單獨談話。

「麻煩您，一支啤酒。」我左顧右盼，說：「司徒磊呢？」

老闆娘開瓶後才說：「他晚一點才來。」

然後我們沉默起來。

「值得嗎？」

老闆娘的眼神落寞帶點自嘲，說：「既然選擇和他一起，就預料會這樣。」

「聖誕節，情人節，自己一個人過也沒有問題嗎？」

她不在乎地搖頭，微笑地說：「愛一個人，這些節日是否一起並

不重要。」

老闆娘的氣質，就是那種讓人欣賞的女人。

不是你不想擁有她，而是你沒有把握你能捉緊她，正確一點，你捨不得捉緊。

「能愛上一個人很幸福，因爲不會寂寞。」我對她的感情超越了。

老闆娘微微一笑，「傻小子，愛上一個人，不會孤單，應該感到眞實，感到幸福。孤單只是因爲愛錯了人。」

我怔怔地望著她，剛好對上她的眼睛。老闆娘再次微笑，然後低下頭擦杯。

刹那的眼神接觸，可惜無法延續。

這時候點唱機輕輕地唱著關淑怡的「忘記他」，雖然我心裡很想她忘記那段情，但可能這一部分的她亦是令我愛慕的原因。

甚麼是眞愛？無止境地等待，排除萬難最後走在一起？

徹底擁有對方，給她幸福？

今晚，不想再等了。

「艾玲，可否給我一個機會，我想跟妳一起。」

她怔住，仍低頭擦杯，輕輕說：「有誰接受我曾經這樣愛過另一個男人？」

我看著她，認眞地說：「難道二婚的女子就不值得被愛嗎？妳曾經說過愛上一個人很幸福，我希望妳也跟我一起幸福下去。」

艾玲微笑，沒有回答。

司徒磊剛到來，「你說了什麼？竟然令她臉紅，表白嗎？」

我不禁臉紅，艾玲瞪他一眼。

「她年紀大過你啊！」

「我今年三十了，比她還年長三歲。」

司徒磊誇張地說：「你連她背景也查得一清二楚啊！」

「沒有啊！」我委屈地道：「你說她是二十七歲的。」

艾玲惱火，「你們兩個好意思在我面前討論我的年紀嗎？」

司徒磊拿起酒杯，「BYE！」轉身跟其他客人交談。

剩下一臉尷尬的我。

最近司徒磊很少在酒吧出現，我好奇問，「最近忙什麼？」

磊給我看看相片，「朋友介紹的女生。」

我有點驚訝，竟然跟他前女友有七分像，「不試試嗎？」

「根本沒有人可以代替她。」

「你爲什麼總要沉溺過去？總要令自己傷痛？」

「玲，妳不要以爲自己得不到幸福，就以爲別人就一定要幸福。」磊激動地說。

我盯著他，淚水在眼底裡打轉，內心的激動隨著呼吸不斷地起伏。

磊擁著我，「對不起。」緊緊地擁著我，「對不起，我太想念她了。」

思念一個得不到的人是很痛苦的。

「可能她才是命中註定呢。」

磊苦笑。

半年後，艾玲爲了忘記他，賣出酒吧，開蛋糕店。

想不到頌賢在背後一手一腳策劃。

「我只想她快樂。」他這樣回答。

我幫忙拆紙箱，說：「你們怎樣了？」

玲在安裝咖啡機，微笑說：「原來被照顧也挺快樂的。」

「接受他了嗎？」

「還在適應中，從未被認真對待過，不知道幸福是怎樣的，亦不知道怎樣留住幸福。」

我失笑，說：「隨心吧。」

感情是從來都沒有保障，一張婚書也不代表什麼。

「你又怎樣？」

「還是老樣子。」我故作輕鬆道：「待會她過來幫忙。」

玲挑起眼眉，平淡地說：「好的。」

好朋友之間，一切在心中明白就好了。

玲打開門簾，一道陽光射進店內，兩人不再迷失於沉醉的森林。

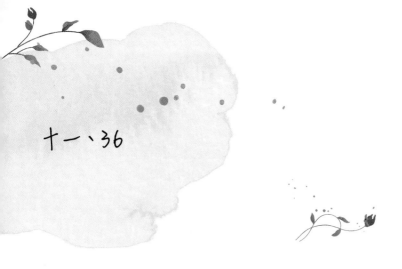

十一、36

如果可以選擇的話，下世眞的不想再做女生。
無論妳有多能幹，妳都沒有辦法戰勝生理痛。

「What the……」又再因爲生理痛而動不起來的蔡雅兒，無助
地躺在床上看著天花板。
本來她可以晉升市場總監的位置，但每個月總要告假，公司選了
另一位男同事，她好不甘心。
電話響起來，好友莎莉打來，「還未死吧？明天有簡報會啊。」
「知道了。」
「不要浪費妳的精力在公司，好好去談戀愛吧。」
「沒人要啊。」
「拗不過妳！」
曾一起工作的項目經理說過，「慧怡懷孕停工了三個月，還打算
加工資？不應該吧？」
職場的女性哪敢結婚生子，雅兒嘆氣。
第二天，雅兒化一個精緻的妝容來掩飾憔悴的臉孔，吃了兩顆止

痛藥就來簡報會。

老闆的大兒子加拉斯是行政總裁，他負責主持會議，詢問連鎖超級市場宣傳的進度後，各自散會。

雅兒呼出一口氣，獨自留在會議室沉思。

突然大門打開，原來是會計部的同事霍愉然。

「霍小姐，妳拿著什麼？」雅兒看到好像喇叭的東西。

「擠母乳啊！其他會議室也有人開會，唯有在這裡，妳不介意吧？」她邊說邊找電源。

雅兒笑笑，「不介意，餵母乳是很偉大的事情。」

「當然啊，生病也不能亂吃藥。」愉然在打呵欠，「又不可以喝酒。」

雅兒看著她，聽人事部說，愉然本來從事會計師事務所，生了三個孩子後，十年的空白期，再重新找工作也拿不到更高的職位。

她再次感嘆身為女性的外在條件的差異，令到失去很多機會。

「這麼辛苦，值得嗎？」雅兒不自覺說出口，收也收不回。

愉然滿足地笑，「每晚下班的時候，三隻小豬過來擁抱妳，說句愛妳，也是很甜蜜的。」

雅兒也笑，「是啊，三位小情人。」

愉然一邊擠母乳，一邊看會計報表。

在職媽媽比別人勤力，就是怕同事看不起，以為她能力不足。

雅兒返回自己辦公桌，看著市場總監辦公室，一步之遙，輕輕嘆氣。

開放式的辦公室的另一端，傳出吵鬧的聲音，雅兒看到銷售部總

監跟行政部陳主管吵架。

銷售總監董敏莉一向強勢，「我在這行這麼多年，你憑什麼說我不專業？」

陳主管是六十多歲的男子，嘴巴上永遠得勢不饒人，碰上新上任的銷售總監，每天也有事情發生，同事們樂於看戲。

「我們的服務對象是高端客戶，如果我們不能好好表現專業，採取專業的用詞在公眾文件，其他行家只會嘲笑我們。」

「只有妳才是專業嗎？我在行政部這麼多年，從沒出錯！」

「我們負責帶來生意，你們跟著辦就好了！」

董敏莉帶領團隊返回自己辦公室，經過市場部，總監林子威出來安撫她，輕輕說句，「不要跟他一般見識。」

「那些中年男子，在家沒有地位，在外一事無成，對女人呼呼喝喝，來彰顯自己的權威，我才不怕他！」

子威嘻嘻笑，「妳說得對，我們午飯去哪兒吃？」

雅兒從心底還是佩服自己的上司，他的情商確實比自己高，換作是她，也可能吵鬧起來。

市場部跟銷售部是合作夥伴，子威討好她，也無可厚非。

陳主管心裡不服，又無處出氣。

雅兒嘆氣，突然身後有把聲音，她轉身看到高大帥氣，中意混血兒的加拉斯，「妳今天在哪裡吃午飯？」

她不禁臉紅，「買外賣。」

「跟我一起吃吧。」

「蛤？」

午飯時分，雅兒敲門入辦公室。

「老闆。」

「我們公司將會推出這個新品，過來嚐嚐，看看可以怎宣傳。」

雅兒坐下來，第一次這麼近距離看著加拉斯。

她吃了一口，怎麼這麼難吃？

加拉斯不喜歡浪費食物，雅兒在苦惱怎吞下去。

想不到加拉斯大笑，「這麼難吃，妳竟然能吃下去，妳果然是最有耐力的員工。」

「有這樣的傳聞嗎？」

「我坐在辦公室裡，但眼睛在門外。」

「好像恐怖片啊。」

加拉斯笑說，「下次的宣傳，男朋友在等女朋友在弄晚餐，然後戰戰競競地試吃，結果出乎地好吃，因為是我們的產品。」

雅兒看到食物包裝，原來是競爭對手的產品。

「為什麼要女生在煮，而不是男生？」

加拉斯愕然，「蛤？」

大部分的男生，還是以男主外，女主內的觀點。

「大部分的女生為工作拼搏，不懂煮飯也不出奇，但為男朋友做飯，給他一個驚喜也不過分吧？」

雅兒慚愧，突然把男女之間的每件事分得那麼清楚。

下班時間，雅兒回家，泡個麵便算了，公司的人和事把她搞垮了。

三十六歲的女性，怎樣才算幸福呢？

為事業拼搏？找個志趣相投的伴侶？還是在家相夫教子？

雅兒感到迷惘。

女人要爲事業和家庭做出選擇，那男人呢？

員工休息間聽到同事說，「做女人眞慘！」

「關什麼事？妳看銷售部，個個有信心，有魅力，哪裡看到她們慘？」

「這麼強悍，有人想娶回家嗎？」

「什麼年代？一定要靠男人嗎？」同事說，「不要想太多，我們下個月去韓國看猛男秀，妳也去吧？」

「眞的嗎？」

「看妳的樣子，還說女人慘，如果男人說看脫衣舞，妳肯定會說他是色情狂。」

「嘻嘻！」

男與女永遠不會平等的！

週末，雅兒帶了水果及可頌去探訪姐姐采雅。

采雅吩咐家傭給妹妹一杯茶，「工作不忙嗎？」

「再忙也要看看妳吧？」雅兒看到姐姐總是面帶笑容，婚姻生活好像又不是那麼辛苦。

「姐夫又出差？」

「是啊，這個月升職了，長駐韓國半年。」

「妳一個人照顧小孩，不辛苦嗎？」

采雅微笑，「我一個犧牲就夠了。」

雅兒不明白爲什麼女人要犧牲自己來成全對方發熱發亮的人生，但她尊重姐姐的選擇，只要她過得幸福就好了。

霍愉然，董敏莉，蔡采雅，不同性格，不同經歷，但努力過著自

己想要的生活。

雅兒不知道三十六歲的自己想過什麼的生活，她想一下，然後嘲笑自己，連男朋友也沒有，卻前思後想。

星期一的上午，聽到銷售總監跟行政總裁商量聖誕的銷售目標。

「說眞的，我不太認同超級市場售賣聖誕飾物，去年的貨物囤積直接影響今年的銷售，老闆，我只會看數字。」

「其他的競爭對手也開始賣相應的飾物。」

「我們的顧客是不同，主要是單身及丁克，反而銷售已預備好的食材，放在焗爐加熱便可以了，或者香檳，芝士拼盤……」

「但沒有氣氛啊！」

「老闆……」敏莉差不多要翻白眼了。

不知何來的勇氣，雅兒竟然踏進辦公室，「我們市場部可以加強宣傳的！」然後瞥敏莉一眼，心底有點怯，停頓一下，鼓起勇氣再說，「其實我們可以售賣聖誕花，聖誕禮物籃，比較獨特的產品。」

敏莉竟然點頭，「好的，我跟採購部商量一下。」說完，便轉身走出辦公室。

雅兒呼出一口氣，加拉斯笑說，「不用這麼怕她吧？」

她聳聳肩，吐吐舌頭。

聖誕前夕，加拉斯跟同事們宣布，「我們今年業績衝破四億，感謝各位同事的努力，尤其銷售部及市場部的同事。」

行政部同事準備好聖誕派對，下午已經開始喝酒玩樂。

敏莉，子威拿著香檳杯，走上前跟行政部等各同事敬酒，「多謝

同事們的支持。」
雅兒在想，會不會有一天，她都有能力坐上這個職位。

加拉斯站在她身後，「謝謝妳！」
雅兒立刻轉身，「應該的，我們的份內事。」
「明晚有約會嗎？」
雅兒愕然，然後溫柔一笑，誰說不可以有工作，又有愛情呢？兩人一起打拼就是她心目中的理想關係。
「明晚幾點呢？」
她準備迎接新的一年。

十二、回不過去

李泳沁這幾年過得不太如意，應該說，婚姻生活不合她心意。
過著同床異夢的生活，突然想起年少時喜歡的人。
「如果能回到過去就好了。」

第二天的早上，李母叫醒泳沁，「妳還未起床嗎？妳要遲到
了！」
泳沁睡眼惺忪，怎麼媽會在她房裡？
「妳來幹嗎？」
母親大叫，「我幹什麼？還不上學，信不信我用鍋鏟把妳挖起
來！」
什麼？
泳沁馬上從雙層床跳下來，看到書檯上的月曆，我的天啊，竟然
是一九九二年的九月一日。
「暑假懶惰，每天睡到日上三竿……」
泳沁差不多滾出門口，母親沒有變，一樣嘮叨。
怎麼一語成讖？

她摸摸自己的臉孔，咦？充滿骨膠原的感覺，真好！

帶著愉快的心情回校，去到熟悉的小食部，然後看著自己的錢包，母親把一星期的飯錢也準備好了。

多年來跟母親的疏離，突然親情湧上心頭。

「妳在排隊嗎？」從後有把聲音叫她。

泳沁回頭，原來是她暗戀的張狄隆。

她馬上低頭，「不好意思。」匆忙點餐後找個空位坐下。

好友金芝瑋看到泳沁，「今天這麼遲？」

「忘記較鬧鐘。」

今年中二年級有五班，兩班是輔導班，另外兩班是精英班，朋友們在輔導班，只有泳沁自己是普通班，中規中矩。

早會後，竟然中二年級分配最高的五樓，泳沁看到也腿軟，有多少年沒有爬過樓梯。

不知道是否年輕，爬上五層樓梯，還有氣力說話。

班主任司徒明慧點名，然後提名幾位來做班長候選人，全是上年班主任推薦的。

泳沁是其中一位，天生親切臉的她，同學們直接選她為正班長。

回到過去，還以為輕輕鬆鬆過日子，每天的功課卻堆積如山。

一個月過去，根本連看一眼心儀對象的時間都沒有。

「媽，我留在學校溫書。」泳沁決定留下來看張狄隆練習籃球。

坐在小食部，買了美式熱狗及冰可可，一邊做功課，一邊看他們練球。

這些功課難不到她，做到差不多，泳沁拿著冰可可行近看球賽。

芝瑋看到她，揮手嚷道，「我在這裡！」

正想點頭，一顆籃球打到她手上的冷飲，她全身弄髒。

籃球隊長高域走過來，非常抱歉道，「對不起！」

芝瑋立卽遞上紙巾，泳沁揮揮手，「沒關係。」然後行入洗手間。

當然洗不掉污漬，泳沁準備收拾回家，高域走過來再道歉，「對不起！」

泳沁只是笑笑，「沒關係。」看到他抱歉的樣子，「你買支凍水給我吧。」

高域是學校的萬人迷，泳沁忘記這一點，接過他的礦泉水喝一口，開玩笑地遞給他，他卻接下來喝一口。

張狄隆看到他們眉來眼去的一幕。

芝瑋看到不太對勁，馬上拉走泳沁，「妳找死啊，他這麼多擁戴者。」

泳沁想一想才明白她說什麼，原來是粉絲的意思。

她聳聳肩，便回家準備給媽罵她不小心。

從小到大，媽媽很少關心他們的生活，早上出門工作，黃昏下班回來。

泳沁沒有幫忙過什麼家務，最多煲白飯，洗洗菜，既然做好功課，不如煮頓飯。

弟弟永新遞上CD，「姐，蘇慧倫，要聽嗎？」當年台灣歌手在香港當紅。

她微笑搖頭，「吃飯後再聽。」兩姐弟升中學後，甚少交談。

母親又打算煮青瓜牛肉，泳沁長大後沒有再吃過青瓜。

她在雪櫃找到芽菜，火腿，蔥，洋蔥，煎個芙蓉蛋。

母親回來，看到女兒煮好晚飯，非常驚訝，卻罵道，「妳搞什麼啊？不用做功課嗎？」

泳沁習以爲常，「做好了，今天家政課教的。」

從前不明白母親老是一入門罵東罵西，長大後才知道做母親的壓力。

她坐下來吃飯，竟然有板有眼；父親當然高興女兒長大了。

兒女生性，就有動力賺錢養家。

「吃飽了，上班咯！」父親在超級市場做晚間倉務員。

泳沁收拾碗碟，全家沒有娛樂，因爲做功課就不能看電視。

她享受沒有手提電話的日子。

回到學校，泳沁跟芝瑋坐在小食部的角落。

高域放下凍可可，「請妳的，上次的事，對不起。」

泳沁看著他，微笑說，「謝謝，沒放在心上。」

高域愕然，這位帥氣的女生沒有放他在心上，還是沒有放那件事在心上？

「還有其他事嗎？」泳沁自然地用成年人的語氣。

「妳會來看籃球嗎？」

「會啊！」

高域笑笑，「下午見！」

芝瑋驚呼，「他對妳笑啊！」

「不可以笑嗎？」

「泳沁，怎麼妳放假後，整個人不同了？」

「會嗎？」她心虛地傻笑，拍拍她的好友。

「痛啊！」

張狄隆本來沒有留意泳沁，直到高域對她好像很有興趣。

下課後，籃球隊練習，高域走過來，「妳要喝什麼嗎？」

「不用了，我做功課。」泳沁感到很多對眼睛看著她。

練習開始，泳沁才去買檸檬茶及小食，然後站在一旁看到張狄隆，看著少年時自己喜歡的人。

高大，帥氣，冷酷，雖然沒有高域這麼受歡迎，還是令少年的她傾心。

泳沁珍惜這種患得患失的心情，長大後，被生活磨練得對什麼事情也沒有太大感覺。

張狄隆看到泳沁正在凝視自己，不小心傳錯球，隊員一片哀怨聲。

「不好意思！」他連忙道歉，回頭時，泳沁已經在做功課。

真是奇怪的女生！

泳沁很想為少年的自己表白，但她不想改寫歷史，她明白，得不到的人是最好，但最好的關係卻是用時間和心機去培養。

想不到回到過去令她明白自己跟家人的關係。

考試前夕，泳沁在家低聲說句髒話，「他媽的，這麼多書要看，早知不回來了。」

她拉著弟弟，「你也快點溫習吧。」

成績一出，泳沁考獲全級第一名。

「中文，英文，科學，地理，經濟，歷史，電腦，第一名，李泳

沁。」

成績一向平平的她，竟然壓倒性拿下第一，全場嘩然，當然引起張高兩人的注意。

五音不全，零藝術感的李泳沁，其餘的科目她拿不到獎項是預料之中，老師們看過作品，對她也只能說句有待進步。

這樣造成泳沁長大後，希望兒女能讀上藝術系，她丈夫笑說，他們是商業分析出身，怎會生了一個藝術家出來，真讓人氣餒。

回來三個月後才第一次想起丈夫。

結婚後各有各忙，丈夫成為會計師樓的合夥人，每次跟他對話，總是問她有沒有數據支持，久而久之，談話覺得很累，大家下班後也不願回家。

他忘記她的數學從來只是剛合格，現在的他，應該也落得清淨吧。

她輕輕嘆氣。

「什麼事會令考第一的人嘆氣？」原來是高域。

「你要聽我唱歌嗎？」

高域尷尬，早已知道她五音不全，他無奈笑笑，「好吧。」

泳沁大笑，不期然拍打他，「有這麼害怕嗎？」

高域也忍不住笑。

學校傳開他們的緋聞，說真的，高才生愛上籃球隊長，很典型的愛情故事，沒有人反對。

但她沒有。

下學期開始，泳沁已經開始想家，想到這些年自己打拼過來，換了一間又一間的住宅，現在從頭開始，她有點吃不消，雖然臉上

充滿骨膠原！

正在小食部發呆，身在後面的張狄隆問，「妳在排隊嘛？」

泳沁回神，「是的，」再看看他，「你好嘛？」

「還好。」

泳沁拿了三文治及熱奶茶便找個座位坐下來。

他坐在她對面。

還未睡醒的她一時未有反應過來，「你好！」

「你剛剛已打招呼了。」

泳沁看著他，「你要聽我唱歌嗎？」

張狄隆愕然，皺眉道，「不要。」

泳沁知道她錯過了什麼，她錯過了令她大笑的人。

她喜歡丈夫是因為她喜歡冷酷的張狄隆，她明白了。

她一邊吃，一邊傻笑。

回家後，她煮晚飯，父母現在遇見街坊也提起考第一名的事情，很尷尬！不過難得她令他們有驕傲的時候。

睡前寫日記，「李泳沁，閒時幫忙做家務，選擇一個會令妳笑的人，還有努力讀書，不好意思，上學期我拿了第一名！」

然後開始沉睡。

鬧鐘一響，李泳沁知道她回來了，嗅到空氣中的壓迫感。

她看著丈夫俊彥，「早晨。」

「早。」他一臉惘然，多少個早上，他們是各自梳洗，出外吃早餐才上班。

李泳沁請假，收拾行李到父母家。

「妳過來住幹嘛？」

「我想吃青瓜炒牛肉。」

「發神經。」

是的，她想找一個令她笑的人。

父母沒說什麼，只讓她一直住下去，直到俊彥打來，說了幾句，辦個手續，沒有浪費大家的時間。

泳沁開始找地方搬出去，重新開始。

「這個單位還不錯，兩房一廳，陽光充足，樓下有會所，健身室等。」

「好的，先租下來。」

搬個新地方，人也精神爽利，她到健身室準備運動。

「李泳沁？」

誰？

「高域？」泳沁驚訝。

「妳一個人嗎？」

「是的。」

「我也是。妳好嘛？」

泳沁微笑，「還可以。」

「妳這個考第一也嘆氣的人，仍是這麼多愁善感嗎？」

泳沁合不上嘴，什麼？沒理由的！

「妳下學期成績退步，傳聞老是說我們談戀愛，多冤枉！」高域裝作很生氣的心情，「妳根本就沒有跟我說話。」

泳沁忍不住笑，「你要聽我唱歌嗎？」

高域看著她，「可以啊，但可否先一起吃飯？」

「可以啊，但我要唱歌……」

高域微笑，他找到一位令他笑的女生了。

十三、前度

「我真的好喜歡你！我不能沒有你！」

曾經，我們說過這樣的話。

但人，失去了，我們也這樣繼續生活下去。

「康妮！妳好嘛？」

總在不適當的時候遇上舊情人。

康妮跟丈夫在電梯裡碰見前男朋友，尷尬地點頭，對方還像當年的一樣帥氣。

她不自覺想起當年兩小無猜的感情。

中學一年級，康妮已經喜歡讀中五的學長鄧英杰。

同學們最喜歡的把康妮的文具塞進英杰的抽屜裡，每次她都紅著臉去問他拿回文具。

「不好意思！」康妮不敢看他。

英杰搔頭，「沒關係，其實……我可以找妳的……」

兩人看著對方，甜蜜蜜的感覺油然而生。

每天過著文具傳來傳去的日子，直到二月十四號，情人節，英杰

忍不住打電話給康妮，「我……我在樓下等妳！」

康妮糾結，去還是不去？

如果情人節遭受拒絕，這一生的陰影應該不能磨滅吧。

她在睡房來回踱步幾百回，最後沒有這份勇氣去見他。

來不及的告白竟然是告別。

後悔嗎？有啊，因為他要移民了。

愛情出現的時候，除了對的人，還要對的時間。

想不到二十年後，竟然在電梯相遇。

「我走了，再見。」英杰對她揮揮手，走出電梯。

康妮的丈夫笑問，「那位大叔是誰啊？」

「你有見過這麼帥的大叔嗎？」康妮笑答。

「我帥還是他帥？」

康妮繞著丈夫的臂彎，「當然是你了。」

對的人，對的時間，就最幸福了。

王麗熒跟好友在餐廳吃飯，正在高談闊論說起自己的工作時，看到前男朋友盧嘉明跟他的同事坐在另一桌。

二人對望，微笑點頭，感覺並不陌生。

曾經愛得死去活來，最後變成了好朋友。

大學的時候，嘉明噓寒問暖，管接管送上學，晚上更陪她做功課。

清晨時分，兩人打得火熱，在車上情不自禁熱吻。

畢業後，麗熒馬上找到工作，但嘉明仍是游手好閒，老是失蹤。

「我們何時結婚？」

「妳給我一點時間好嗎？」

麗熒生氣，但不捨這段感情。

聖誕節當天，無論如何麗熒一定要嘉明陪她。

嘉明心不在焉跟她看燈飾，麗熒不耐煩，「怎麼了？想著誰？」

「不是這樣……」

「什麼不是這樣？」

嘉明激動，「我跟前女友再次遇見，我們一起了！」

麗熒哭著說，「你說什麼？你騙我！」一邊哭，一邊跑上天橋，

嘉明追上去，「妳聽我說！」

她一直在跑，差不多跑到橋的另一端。

嘉明哭著叫道，「對不起，我發覺我仍愛著她！」

麗熒驚訝得停下腳步，不敢相信，亦不敢回頭，這場愛情的角力賽，她輸了！

天橋上的行人靜下來，等待她的回應。

她沒有轉身，離開天橋，離開這三角關係。

少年時總為了一口氣，去爭一段不屬於我們的愛情，但放手成全，何嘗不是給自己另一條幸福道路。

嘉明選擇跟女朋友結婚生子，過著幸福的日子，但麗熒呢？

她遇上了對她一心一意的丈夫，一樣過著幸福的生活。

在舊同學的聚會再次遇上，兩人沒有提及當年的事情，盡在不言中，若果他們最後走在一起，二人的性格亦不會開花結果。

他們把這個祕密放在心裡，愛過但不怨懟，寧做好朋友。

凌巧迷信，放假時回港，捉著好友詠恩一起去占卜。

「他是我第三位男朋友了，不知道他是否Mr Right？」

詠恩笑說，「還有半年才大學畢業，這麼心急嫁人？」

「不是，總覺得他不是只有我一個。」

占卜師拿著龜殼搖晃，然後三個銅錢跌下來。

「請問他是不是將來一起的人？」

占卜師遲疑。

詠恩看到雙方沉默，於是再追問，「她意思是他是不是真命天子？」

凌巧接著說，「我是不是他的唯一？」

「嗯，」占卜師終於開口，「他並沒有其他人，反而是將來妳會有。」

凌巧聽到後，鬆一口氣，原來他沒有其他人，她深信自己也不會。

詠恩笑她，「放下心頭大石吧！」

假期結束後，凌巧跟男朋友修民到機場登記，地勤人員把護照發還，「馬先生，你的簽證有問題，不能登機。」

「什麼？」修民不知發生什麼事，「巧巧，妳先回英國，我明天去領事館詢問情況。」

凌巧只好隻身上機。

等了一個月，修民仍沒有告訴她發生什麼事，只叫凌巧代他還宿舍費。

三個月後，凌巧發覺修民根本不打算回來。

「分手我是沒所謂的，但不用這麼爛的藉口吧。」凌巧跟好友保羅訴苦。

半年後，凌巧開始追修民的欠款，他開始推塘，把她氣壞了，「正一爛人。」

她進修研究科，在大學排隊時碰見一年前朋友介紹的金劍平。

「你在這裡做什麼？」

「我在等學校的成績表申請博士學位。」

「這麼厲害啊！」凌巧被他的才華深深吸引。

劍平只是傻笑，「下次再談。」

想不到在KTV又碰見他。

他跟保羅一起出來玩樂，「跟我們一起喝酒？」

緣分就是這樣開始。

劍平跟凌巧開始約會，四年後畢業，自己創業，做得有聲有色，再跟凌巧求婚。

凌巧沒想到占卜師所說的就是他。

結婚後，凌巧辭工，專心幫忙丈夫打理生意。

「巧巧，我下個月結婚，可以邀請你們來婚宴嗎？」詠恩打電話問她。

「我們的榮幸！」

淺水灣酒店的宴會廳，凌巧跟丈夫拿著香檳祝賀新人，「妳今天很漂亮啊！」

「妳也是！」詠恩看到凌巧一臉幸福的樣子。

劍平跟新人祝賀後，跟凌巧說，「寶貝，我拿些東西給妳吃。」

凌巧微笑點頭。

身後的侍應看到凌巧左手的名錶及鑽戒比起空杯更吸引他的視線，故意上前問，「太太，再來一杯酒嗎？」

凌巧看到他的臉便凝住兩秒，馬上放下酒杯在他的托盤，「不用了，謝謝。」便趕快回到丈夫身邊。

劍平笑她，「有這麼餓嗎？」

凌巧只是微笑，看到前度變了滿頭白髮的侍應，他有這麼落魄嗎？

晚上，凌巧忍不住跟丈夫說起當年的占卜師到今天遇到前度。

劍平大笑，「我們是命中註定的，就算時光倒流十八次，都改變不到歷史，我還是栽在妳手中！」

凌巧翻眼。

詠恩結婚前，也找過占卜師。

「放心吧，你們會幸福的。」

「謝謝你！」詠恩滿心歡喜。

占卜師欲言又止，「嗯，妳的朋友好嗎？」

「她結婚了！不過不是那位男朋友。」

占卜師笑說，「當我看到她的面相，就知道她是有職業理想的人，怎會隨便選擇一個人。」

是性格決定命運嗎？

十四、八十零零

夏知了，二十三歲，父母離異，跟嬤嬤同住，從小被姑姑夏遙教育，女人一定要有底氣，形成剛強性格。

「找老公，一是他養得起我，一是我養得起他。」年過四十的姑姑夏瑤經常開玩笑。

八十後，一半人不婚或不生，另一部分只願生一位小孩，父母投資所有在一人身上，好像知了，一流大學畢業，四大會計師事務所工作，不愁衣食住行。

現今小孩，誰不是公主王子？何需讓你三分。

夏遙過來跟母親逛街，知了下班才過來。

「姑姑，妳買了什麼護膚品？」知了打開面霜來嗅一下。

夏遙翻眼，「妳未洗手就不要碰我的東西。」

知了吐吐舌頭，在姑姑面前，她行為要得體。

「新款手袋嗎？」知了看看嬤嬤的戰利品。

夏母笑著點頭，姑姑每季幫她添置新裝，難怪現在不重生男重生女。

她不敢說出來，姑姑一定說是男是女有什麼分別。

「姑丈不來吃飯嗎？」

「不了，跟美國公司開會。」

夏遙翻著餐牌，「吃什麼？」她隨意看兩眼，就遞給母親。

知了看著姑姑，品味時尚的打扮，看不出四十出的女子，她的名言，有自信穿什麼也好看。

現在體態沒有年輕時的纖瘦，她就說她是胸大微胖型，真佩服她的情商。

「不用等表嫂嗎？」知了看一下手錶。

夏遙不屑地咄一聲，「她要在家煮飯洗碗抹地，偏偏要走女僕風格，我都無辦法。」

知了忍不住大笑，夏母沒有理會她們的對話，跟餐廳經理點餐。

「她沒口福了，姑姑每次都請我們吃好的。」

姑姑不生小孩，兩夫婦吃好，住好，用好，還照顧家中各婦人，小禮物，酒店大餐少不了。

有日她慨嘆，「身為女子，從小背負原生家庭對她的期望，有個好歸宿，結婚後，又要做賢妻良母，還忍受姑嫂姍娌的指指點點，女人何苦為難女人？」

知了沒有結婚的念頭。

電話響起來，夏遙轉換較溫柔的語氣，「怎麼了？我買外賣回來給你？」

她的剛柔並重，說真的，沒有很多女生能拿捏得準。

掛線後，夏母問，「要買外賣嗎？」

夏遙喝著湯搖頭。

電話又響起來，「跟媽在吃飯，待會過來。」

知了看著姑姑，不知是否像她才算是成功的女性？

整天忙著應酬，忙著回覆電話。

「人人都說work life balance，誰會在等？」夏遙回覆短訊。

「姑姑，如果不是疫情關係，誰會想到世界是真的可以停頓一下，可以跟家人坐下來吃飯，可以看看四周的風景？」

夏遙嘆氣，看著姪女，「妳今年交稅多少？」

知了不作聲，岔開話題，「下星期我們正式脫離在家工作。」

「真好！妳們這些宅女終於可以回復交際，再這樣下去，恐怕除了吃飯，口是不會張開的。」夏遙隨手在購物袋拿支口紅給知了。

「謝謝姑姑。」

夏遙先結帳，趕去下一場酒局。

「蔡蕎，怎麼星期四約我喝酒？」

「霏霏要離婚。」

夏遙放下手袋，忍不住大笑，「是新聞嗎？她每星期也嚷著要離婚。」向侍應揚揚手，「Martini，謝謝。」

「今次是認真的，所以才找妳幫忙咨詢程序。」蔡蕎點菸。

「他媽的，」夏遙也點菸，笑說，「我做的是人事顧問，什麼離婚律師，二婚對象，個個也找我介紹。」

蔡蕎也忍不住笑，「誰叫妳識人過多識字。」

夏遙吸一口菸，白她一眼。

有位男士走近，向夏遙說，「請問有打火機嗎？」

夏遙遞給他，他接過後說聲謝謝，她沒有再看他一眼。

蔡蕎見怪不怪，有自信的女人最有魅力。

「今次為了什麼事鬧離婚？」

「外遇。」

「不是吧？」

「做女人是不是很慘？」蔡蕎嘆氣，「放棄自己的夢想，把家中打理得井井有條，眠乾睡濕照顧孩子，結果老公有外遇。」

「做女人慘不慘，要看看妳嫁給誰。」夏遙呷口酒續說，「他丈夫是誰？建築師樓合伙人啊！她在家怎樣也好，跟丈夫出外應酬也要體面吧？幫他省錢，結果錢就花在其他女人身上。」

蔡蕎心煩，替朋友不值，「一個大好的女人就被糟塌了，有學識有樣貌，為什麼要這麼卑微？」

「這是她的選擇。我明天打給她問清楚情況。說真的，有學識有樣貌的女生有很多啊，但張大建築師需要是哪種女人？」

夏遙深知丈夫也受女生歡迎，慷慨是他最大的優點，她自己也不敢鬆懈，除了美容保養，還有健身，閱讀，進修，沒可能跟丈夫平起平坐，但起碼不用仰視他。

「我尊重全職主婦，這是她們的選擇，但是不可以看不起自己，事事以丈夫為中心，吃什麼買什麼也要看丈夫臉色，妳看看紫媚，她丈夫對她多尊重，一主外，一主內，一樣幸福美滿。」

蔡蕎慨嘆八十後總是被父權社會的思想控制，做女人最後還不是要持家有道。

「明明一元已經可以買到，為什麼他要花一萬？不費吹灰之力得到的愛，誰會珍惜？」

知了回家後，掙扎是否寫報告，雖然可以明天遞交，但她們零零後總被人笑把自己看得太重。

不知什麼推動，竟然坐下來把工作完成，姑姑一定感安慰，經常教導她，肯付出少少就能把別人擠下去。

她看著相片，全家福只有嬤嬤，姑姑與她。

姑姑強悍也是被迫出來，她笑說電影不是父女，賣鐵漢柔情，就是母子，為母則強，她們這三代全是女子，一開局已輸了一半，姑姑不想被欺負。

知了不渴求父愛，反而害怕父親回來，把她們辛苦得來的幸福毀掉。

第二天的早上，收到上司的讚賞電郵，有些人喜歡自由旅行，有些人喜歡做自己的工作，她就是想知道自己可以走到多遠。

原來提早完成工作的感覺是這樣良好。

「原霏霏，究竟發生什麼事？」夏遙跟蔡蕎找不到人，直接衝去對方的家。

霏霏輕鬆地告訴她們整件事的來龍去脈，丈夫出軌，沒有什麼大不了。

「妳打算怎樣？」

「沒打算怎樣。」

夏遙愕然，「什麼沒打算怎樣？之前日日要嚷著離婚，現在呢？」

「不了。」

蔡蕎怒斥，「我們請假過來看妳，什麼不了？」

霏霏感到委屈，高聲道，「我不是妳們，有工作，有收入，離婚後，我什麼也沒有。」

「妳可不可以有志氣一點？」蔡蕎激心道。

夏遙拍拍她，「冷靜一點，我們先請教律師。」

「我不會離婚。」

「妳怕什麼？有多少人能夠翻身！」蔡蕎再次激動。

「我父母不會允許的，妳們走吧，謝謝。」

夏遙拉著蔡蕎，「走吧，給她一點時間。」

霏霏不甘心，她付出了這麼多，爲什麼要便宜那個女人？還有孩子是無辜的，她必須要忍耐！

越想越覺得自己錯，可能不夠體貼，可能身型變了，卻沒想過失去自我，就失去光釆。

夏遙嘆氣，她從小看過不少感情糾紛，兩個人結婚並不容易，何況離婚？

家家有本難念的經。

這一代的女性如何令擺脫上一代的思想及包袱，好好地面對自己呢？

十五、永遠加一

什麼是永遠愛你？有人說過永遠加一是否代表永遠？

藍澄圍著被子，坐在床上，輕撫情人劉斯宇的頭髮，「他下星期回來。」頓一頓再說，「中區酒店餐廳有新的法國大廚駐場，我已訂座，兩星期後的星期一。」

斯宇吻她的臉，「好的，吃法國菜後再吃妳。」

藍澄看著濃眉大眼的他，這麼好看的男生，真想再跟他纏綿，但是要回家了。

斯宇拉著她的手，擁抱在懷裡吻著，這麼有自信有氣質的女人，再喜歡也沒有辦法擁有她。

「好了，快換衣服，不要讓女朋友等你。」

藍澄駕車回家，跟保姆打過招呼，便走進睡房看看兒女。

「仍在做功課？」

長子張承宙停下來，「今天工作忙嗎？」

「還不是約見客戶，他們打算邀請日本拉麵店過來開分店，媽媽幫忙做計劃書。」

幼女張承樂在鄰房聽到，跑過來擁著媽媽，「哪一間？」

「商業祕密！」藍澄笑答。

「我想在同學面前炫耀我媽媽有多厲害。」

「一個人有多厲害，是不用靠別人說的。」

承宙認同，「媽媽，妳真能幹！」

「不過我可以帶你們去開幕禮。」藍澄打呵欠，「我先去沐浴，你們也早點睡。」

藍澄沐浴後，坐下來喝酒看著海景，當年不是堅持出來工作，堅持換屋，現在還是困在家中的主婦。

她看著倒影，一個人老去並不可怕，而是失去魅力才可怕。

重踏職場才發現自己都可以自信起來。

藍澄喜歡小孩，但不想犧牲自己全部來成就他們，從小就教他們獨立，好讓她有自己的工作空間。

聖誕節來臨，張永新回來跟家人慶祝，藍澄已預訂酒店自助晚餐，家公，家婆，及家姑一家大小也來。

她習慣坐在長檯的一角，朋友說，媳婦永遠是外人，她也做到恰如其分。

各人高談闊論自己的生活瑣碎事，沒有跟藍澄交談，她按一下手提電話。

永新皺眉，「吃飯還玩手機？」

「不好意思，我媽剛跟我說聖誕快樂。」

永新沒作聲，但他電話卻響起來，馬上站起來接聽，跟對方閒聊說笑。

掛線後，承宙看著爸爸，「不是吃飯不可用手機嗎？」

永新聳聳肩，「我談的生意上千萬，你媽媽的生意只是興趣，怎比？」

藍澄轉換話題，「你們吃了雪糕嗎？我想吃草莓味。」

承宙兩兄妹識趣地走出去。

「我有說錯嗎？」永新仍問。

藍澄堆起笑容，「沒有。」她心裡快忍受不了。

回家後，各自返回房間休息。

永新在國內設廠，經常中澳兩地走，藍澄恨不得他明天就飛回去。

人前人後都稱呼他為張總，他自然放不下她在眼內。

永新拍拍肚皮，看著手機，「拿杯水給我。」

藍澄走出廚房，倒一杯有氣礦泉水加冰塊。

他接過便繼續看手機，藍澄不會期望他會說句謝謝。

她關上床頭燈便闔上眼，從前的她是如此寂寞，現在不會了。

想起第一次遇到斯宇，商會新年慶祝活動，高大斯文的他，跟她互相對望很多次，最後沒有交換名片。

再有公司活動碰見他，也沒有機會說話，直到送兒女上學後，竟然在咖啡店碰見他。

「藍澄！」其中之一的客戶，酒店管理層。

藍澄停下來打招呼，「你好！」然後再跟同桌的斯宇點頭微笑。

「有空跟我們一起喝咖啡嗎？」

他輕輕碰她的手，她沒有避開，願者上鈎。

一開始，是想證明自己還有魅力，後來，丈夫的輕視令她越陷越

深。

誰都遇上誘惑，心動是一種本能，但忠誠是一種選擇。

藍澄選擇了錯的方向，一邊心生愧疚，一邊放任自己。

十二月三十日，酒店裡的高級餐廳，斯宇看著打扮精緻的藍澄，
「新年快樂！」

「新年快樂！」藍澄輕握對方的手。

除了性關係，他們是談得來的戀人，只可惜錯的時間遇上了。

藍澄的不沉迷，不要求，斯宇對她越來越傾心。

短暫的情人只有最好的一面，藍澄只求快樂，不求名份。

丈夫令她以為自己失去魅力，直到找到自己發亮的地方。

「會不會有一天我們可以在正日慶祝？」

藍澄微笑跟他碰杯，沒有回答。

再喜歡他，也不會再進一步。

晚飯後，斯宇送她回家。

承宙站在窗簾後看到他們，他一早察覺爸媽的婚姻岌岌可危，媽
媽只是為他們而留下。

想不到媽媽竟然有情人，還要高大英俊。

承宙看到媽媽，笑著問，「今晚還要見客戶？」

「不是，跟朋友吃飯。」

「媽媽……」

藍澄除下手錶，放在走廊桌，「怎麼了？」

「如果妳離開這個家，妳會帶我們一起嗎？」

藍澄大笑，「我為什麼要離開這個家？」她認真地看著兒子，
「再過兩年，你就升大學了，你不再需要媽媽。」

「但妳永遠是我的榜樣。」

藍澄的心被刺痛一下。

「承宙，人生會遇到不同的人，在他們的身上都會學到不同的優點，媽媽也不是完美。」

承宙低頭，是的，人無完美。

藍澄轉身問，「曾經有人說過，永遠加一，是否代表永遠？」然後苦笑，返回自己房間。

永新不知收到什麼消息，聽到自己的太太跟別人約會，馬上從廚房回來。

一進屋，看到素顏的藍澄正在下廚，然後叫嚷兩兄妹快些沐浴，家傭收衣服等。

他搖頭笑笑，誰會喜歡她？

藍澄走出廚房，「怎麼回來了？」

「跟你們迎接新年。」

「好的。」

永新看不出她有任何的喜悅。

「爸爸回來了，快些下樓吃飯。」

承樂高興地擁抱爸爸，永新摸她的頭，「還是小孩子。」

承宙只是叫聲爸爸。

吃飯後，一家人不知做什麼，藍澄看看手錶，「還有四小時，我們十一時再出來等吧。」

永新感到掃興，「難得我在家，一起看電影吧。」

電影開始，永新的電話訊息響不停，出出入入接電話，剛巧看到藍澄按電話，「是誰？」

藍澄遞電話給他，「姑母。」

「爸，你接十多個電話訊息，媽一句也沒有說。你不要老是挑剔媽了。」

永新拉下臉。

「妳跟孩子說了什麼？」

藍澄莫名其妙，好像魂魄才回來，「對不起，我說了什麼？」

永新看到她一臉無辜，不在孩子面前吵架。

藍澄想不到斯宇竟然傳短訊給她。

越界了。

窗外看到煙火，迎接新的一年。

「早點睡。」藍澄跟孩子上房。

永新嘆氣，「怎麼我回來妳一點也不高興？」

「我們從來不倒數慶祝，不好意思，一下子未習慣。」

客氣得像服務員。

算了，她這副德性，怎會偷人？他沒發覺自己緊張只是面子。

新年過後，承宙看到走廊桌的手錶一直在那裡，媽媽再沒有見過這男人。

斯宇忍不住去她的公司，「澄，發生什麼事？」

藍澄呼出一口氣，「對不起。」

斯宇擁著她，「我跟她說，好嗎？我們便可以永遠在一起。」

藍澄嘆氣，「我就是不要永遠。」

斯宇無奈放開她，藍澄抱歉，「對不起，孩子還小，不想影響他們以後的感情觀。」

他沉默，他破壞了戀愛遊戲規則。

藍澄掩面嘆息，一越界，再喜歡也沒用。

承宙以為媽媽重新回到家庭，可惜她又出去喝酒認識新朋友。

他心裡很亂，自言自語，「爸又去了哪裡？」

妹妹經過他房間，「媽媽會回來的。」

「妳怎知道？」

「你相信承樂嗎？她一定會的。」

十六、Pre-loved

溫翠兒是百貨公司的銷售部主管。

「經理，市場部同事過來開會。」下屬朱麗絲遞上文件。

翠兒無奈地搖搖頭，這一季的銷售又再次下跌，長期減價亦起不了消費作用。

頭痛啊！

翠兒打開會議室的大門，市場部主管林志明馬上上前邀請她坐下來。

他們是相輔相成的。

「溫小姐，我們打算開發另一個市場。」志明在電腦投射簡報，螢幕上有「Pre-loved」這個字。

「什麼意思呢？」翠兒心裡說，耐心等對方介紹市場策略。

「名牌手袋，飾物，一直是市場需求最大的奢侈品，我們決定回收高質素的貨物，重新在二手市場售賣，循環再用，環保，亦能提高我們公司的聲譽。」

翠兒想一會，「會跟我們新一季的貨品有矛盾嗎？」

「我們只回收高級奢侈品牌。」

想不到這個二手市場很受歡迎，銷售部的同事甚至增聘人手去鑑定貨品的眞僞。

直到有一天，麗絲匆忙走進翠兒的辦公室。

「溫小姐，請妳出來看看可以嗎？」

翠兒好奇，一向謹愼的麗絲有點手足無措。

「客人拿了一枚結婚戒指寄賣。」

什麼？怎會有人賣結婚戒指？亦怎會有人買二手結婚戒指？

翠兒走出經理室，看到一位女子，黑色套裝，挽起髮髻，臉色平淡地等待她。

「您好，徐小姐。」翠兒接過戒指盒，一看，也禁不住面露驚訝神色。

一顆兩卡的鑽石戒指。

她苦笑，「不愛，還留著做什麼？」

究竟是他不愛了，還是她不愛了？

翠兒看著容貌姣好的對方卻不敢問。

「請在這裡簽文件，如果貨品一個月內沒有出售，這項寄賣便會取消。」

「好的，謝謝。」寫下名字，徐家瑩。

過了一星期，仍然無人問津。

銷售部收到更多名貴手袋，忙得翠兒不可開交。

「怎麼會有這麼多手袋？」她心裡唸著。

一位中年女士剛好轉身，跟翠兒對望，面露笑容，「溫經理！」

翠兒對這位女士沒有印象，她憔悴的臉孔卻帶著熱情的笑容。

「蔡小姐介紹我來的。」她從購物紙袋裡拿出一盒又一盒的禮

盒，「這個愛馬仕，我只用過一次；這個香奈兒好像沒打開過。」

翠兒微笑著登記。

許小姐嘆氣，「還未離婚時，最新款的就買下來，離婚後，前夫要分我一半家產，我又要照顧小孩。」她再次嘆氣，「唯有賣掉它們，好不捨得啊！」

翠兒只能保持禮貌的微笑。

麗絲戴上手套檢查手袋的耗損程度，有些連膠貼也未有撕下來。不敢在客人表示惋惜。

又是忙碌的一天。

員工下班後趕回家照顧小孩，只有翠兒子然一身。

單身生活枯燥嗎？又不見到兩人相愛也一定精彩。

她寧願留待精神去等待心動的一位。

炎炎夏日，翠兒跟採購部同事討論秋冬季的時裝。

「今年秋冬季會流行海馬毛套裝，粉紅色，紫色也是大熱的顏色。」

翠兒托頭，「有讓人擁抱的感覺。」

市場部的志明剛巧經過，「就宣傳『擁抱你的冬季』吧！」

翠兒「啊！」一聲，合邏輯嗎？

散會後，翠兒跟下屬開會。

「第二季的銷量稍微升，名牌回收令消費者放心購物的心態。」

翠兒吩咐同事們要提醒顧客賣買條款。

「經理，這枚戒指寄賣已經過了一個月，卻聯絡不到客人。」

那枚兩卡拉的鑽石戒指。

翠兒微微呼出一口氣，那位女士是不缺錢的人。

「先存倉庫吧。」

又再過一個月，各人忙於夏季減價及準備秋裝。

翠兒站在百貨公司的窗邊，看著滿地黃葉，輕輕嘆氣，時間過得真快。

她拿著咖啡，正轉身回到櫃檯，卻跟面前的男子對望。

很俊美的男子，翠兒心裡驚呼。

「請問有什麼幫到你嗎？」

「請問那枚戒指還在嗎？」

翠兒側頭，原來真的有人會興趣購買。

「還在，」翠兒抱歉，「因為已過了交易日期，暫時聯絡不到客人，未能確定繼續寄賣，或許你留下聯絡電話？」

男子苦笑，「她總是這樣，所有事情都不放在心上。」

原來另有故事，他就是男主角。

「既然不愛，還留著做什麼？」

翠兒愕然，兩人說了同一番說話。

男子再次苦笑，「我們是相親安排的。」然後發覺自己說多了，「對不起，我留下電話號碼吧。」

每一行也有職業操守，翠兒不敢問個究竟。

俊男美女竟然要相親，但最後未能終成眷屬？

男子寫下姓名及電話號碼後，瞥了一眼她的咖啡杯便離開了。

翠兒唸著他的名子，許懷謙，名字有點熟悉？

過兩天，翠兒到「念念不忘」買咖啡，竟然碰到許懷謙。

「溫小姐！」懷謙過來跟她打招呼。

「您好，許先生！」翠兒微笑，「不好意思，還未聯絡到徐小姐。」

懷謙一臉不在乎，「不急，我請妳喝咖啡吧。」然後跟店員下單，「妳喝什麼？」

翠兒來不及拒絕，「牛奶咖啡，謝謝。」

懷謙比比手，邀請一同坐下來。

「工作忙嗎？」

「秋天將至，最近加班把夏季服飾打折扣。」

「很晚才吃飯嗎？」

翠兒微笑，「反正一個人吃，也沒所謂了。」

懷謙點頭，然後幫她拿咖啡，送她到公司。

「謝謝你。」

回到公司，翠兒看著咖啡發呆，突然電話響起來。

「夏天百貨，我姓溫，請問有什麼幫到你？」

「溫小姐，你好，我姓徐。」

終於打來了。

「不好意思，我聽到留言了，待會我去妳的辦公室拿回戒指。」

翠兒又再被他們舉動驚訝到。

直到中午，翠兒沒有外出午膳。

辦公室只剩她一人。

叮噹！她來了。

做銷售最忌就是笑容太過燦爛，翠兒學懂微笑。

「徐小姐，您好！」

「溫小姐，不好意思，打擾妳了！」

「沒有，請等等。」翠兒在後台拿出戒指及文件。

「請簽字。」

徐家瑩打開，看了戒指一眼，輕輕道，「還是親自送回吧。」

翠兒看著她。

家瑩苦笑，「上一代總是喜歡做媒，卻什麼也不知道，我們根本不愛對方！」

翠兒恍然大悟。

不愛，並不是不再相愛，而是根本不相愛！

「誰也不想收回，推三推四，才放在這裡寄賣。」家瑩才展露微笑，「我們真幼稚！」

翠兒輕問，「他不值得愛？」

家瑩搖頭，「沒有心動的感覺，妳明白嗎？」

翠兒微笑，「一切順利。」

送客後，翠兒呼出一口氣。

今晚又要加班了，差不多七時，有人送外賣到辦公室，「許先生叫我送晚餐給妳。」

翠兒驚訝，打開是素飯及綠茶，同事們在起哄，「誰？誰？」

一直在等的人出現了。

她偷偷地拿出他的電話號碼，傳短訊給他，「明天可以請你喝咖啡嗎？」

「不如吃晚飯吧？」

翠兒笑笑，明天跟老闆說，不做「Pre-loved」這部門了，寧願花時間談戀愛。

十七、一九九七年的約定

想見不能見，相愛不能愛，
用情至深，無緣相愛，有多愛妳又可以怎樣？
究竟兩人要擦肩而多少次才能有緣成為夫妻？
還以為今世能續前緣⋯⋯

九月，夏末的微熱散播於空氣中。
「很熱啊！」袁慧撥著扇走上一條長梯級。
「差不多到了。」殷玥抬頭看著位於半山的學校。
身邊突然出現三人跑上樓梯，殷玥看不到她們的臉孔，只知道其
中一位回頭看她一眼。
終於到學校門口。
殷玥、袁慧，看著新學校，迎接中學生涯的第一天。
「去小食部看看。」袁慧拉著殷玥。
剛剛三人倚在自動販賣機，打量著她們。
「今年的新生頗漂亮。」程思語看著殷玥，皮膚白皙，瓜子臉大
眼睛，梳兩條五手辮，非常可愛。

王可嵐只是笑笑。

「不錯啊。」黎逸朗也上下打量新生，然後走去搭訕。

卻被風紀長冼家尉先上前一步。

「新生嗎？」

「是。」殷玥怯怯道。

家尉笑笑，伸手捉起她的髮尾，然後低頭湊近她，「學校只可以用藍色頭飾，知道嗎？」

思語看到臉也黑了，竟然和她爭人？長得高大的她搭著矮她半個頭的家尉，半開玩笑的語氣，「怎麼欺負新生呢？」然後把殷玥拉到自己的身後。

家尉對她輕笑，「程思語，妳先管好自己，把頭髮剪得這麼短，訓導主任又找妳了。」

逸朗笑嘻嘻地拉著家尉，「妳知不知道附近開了韓式小吃店，中午一起去試試。」

思語想轉身跟殷玥說話，發覺她已被同學拉著溜走。

可嵐輕笑。

袁慧翻眼，「這位風紀長真麻煩。」

「我記得白色是可以的，還是算了，給風紀盯上也不是好事。」

分配好班房後，碰見一些不太相熟的小同同學也升上這間學校，剛好有個伴。

這樣低調地開始中學的生活。

一個月後，學生會大選。

「記得投我一票！」朗拉著殷玥。

「哦！」殷玥拿著宣單打算走開。

「要幫我宣傳啊！」

「蛤？」

思語看到她們拉拉扯扯，然後殷玥笑著走開。

袁慧手肘碰碰殷玥，低聲說，「王可嵐在那裡。」

殷玥看到帥氣的可嵐在派發傳單，她是全校最有名的學生，178公分的她，身形瘦削，棱角臉型，不僅成績出眾，也是籃球隊隊長，練習時經常引起學妹們的尖叫。

「怎麼她不參選副會長？」殷玥問。

「好像一位叫程思語參選。」

「哦。」

她沒有放上心。

一星期後，學生會大選。

思語以高票當選副會長，可嵐當選財政幹事，好動的逸朗當選宣傳幹事。

然後各四社的幹事選舉，負責籌備各項運動比賽，辯論比賽等。

思語跟殷玥同是紫社，她們坐前後座位。

「程思語，恭喜您！」周邊的同學跟她打招呼。

陳美娟是殷玥的同班同學，她低聲地說，「萬人迷坐在妳後面。」

殷玥聽不明白，回頭只看一眼，「誰？」

美娟瞪大眼，程思語在學校多受歡迎，高大俊朗，笑起上來帶點輕蔑邪氣，殷玥的眼中竟然看不到她。

「程思語啊！」

殷玥轉身扮找東西，一抬頭就跟思語的眼神對上。

兩人定格看著對方幾秒，然後殷玥心跳得好快轉身。

「眼光裡流露著一股氣勢，害怕！」殷玥的想法。

思語將身體傾前，抱著手臂放在殷玥的椅背後，在她耳邊輕聲說，「投誰好呢？」

殷玥驚嚇之下回頭，卻吻上了思語。

兩人錯愕，思語只是淘氣整蠱她，沒想過會跟女生接吻。

殷玥更惶恐，怎麼會這樣？

兩位女生不小心交換了初吻。

思語一直不喜歡女生的打扮，但她還未確定自己的取向，跟對方一吻她也手足無措。

兩人好不容易捱過選舉完畢，殷玥馬上站起來離開，卻撞到思語的懷抱。

「對不起！」殷玥鞠躬後拔腿離開。

思語摸摸自己的唇，怎麼了？很失禮她嗎？

校園不大，碰面的機會多的是。

殷玥唯有早早到學校，買了早餐跟好友袁慧，陳美娟及新朋友張明韻坐在角落等上課。

美娟看著殷玥，「妳這樣避開也不是辦法。」

「我很怕她啊……」

明韻安慰道，「幸好沒人看見。」

少年不識愁知味，爲賦新詞強說愁，在成年人的世界裡，這些事

情，喝杯酒便忘記了。

「不如我們下課去吃下午茶？」明韻提議。

「我先打電話給我媽媽。」

殷玥下課後到學生會借電話，遇上思語坐在裡面，可嵐在辦事處負責登記。

她只好低頭匆匆到辦事處，遞上學生證給可嵐後，便打電話回家。

通話後，可嵐還在看她的學生證。

殷玥看著她，然後側側身，由下向上看著她，「請問我可以拿回學生證嗎？」

可嵐看到她甚為可愛，忍不住笑，難怪思語放她在心上，「對不起！」

殷玥一呆，心想，「真帥！」不禁臉紅。

思語看到她們眉來眼去，醋意大發，她站起來時，殷玥嚇得一手搶回學生證便跑出辦事處。

「原來她叫殷玥。」可嵐搭著思語的肩膀，「為什麼她這樣怕妳？」

「怎知道！她吻我，但避開我！」

「她只是不小心，又不是故意。」

思語瞪眼。確實無奈，唯有對她視而不見。

自此，思語每次經過她的身邊都是臉無表情，殷玥終於舒出一口氣。

下課後，明韻叫殷玥留下看她打籃球。

「反正妳媽媽又未下班。」

「好。」

看到思語她們在練習，可嵐走過去跟殷玥道，「妳站開一點，我們傳球會碰到妳。」

「哦！」

殷玥一邊看書，一邊看她們練習。

眼光不其然飄向思語，其實她是最帥，可是不小心吻上後害她心亂如麻，輾轉難眠。

好不容易平復的心情不想再次波動。

朗故意把球大力拋去正在看書的殷玥，思語眼看她要中球，馬上飛身撲過去護著她。

她還是在意的。

思語的帥氣，玥的傻氣，這一吻注定了一場純真的感情。

籃球唰一聲撞過來，玥看著思語撲過來護著她，她抬頭跟思語說聲謝謝。

二人注視對方，思語的眼神轉為溫柔。

朗跑上前，吐吐舌頭，「不知道這麼重手。」

思語想到玥的逃避，態度馬上轉冷，卻指向身後面，「這個笨笨的坐遠好了。」

明韻連忙拉開玥，但玥看到思語的手臂紅了，她想上前卻被明韻阻止。

「不要了！」

明韻跟可嵐說聲抱歉，繼續練習。

思語沒有再看過玥一眼。

玥不再害怕，但她與思語的距離……

練習完畢後，玥決定走進更衣室向思語好好道歉。

眾人在看她，玥欠欠身，「不好意思，我找程思語。」

朗在起哄，可嵐卻趕她們入更衣室，只剩下思語和玥。

「對不起，妳還好嗎？」

思語站起來，「不好。」

「對不起！」

「如果妳親我，應該會好起來。」

思語高她十一公分，玥踮起腳尖吻她的臉。

「好點了嗎？」

思語竟然臉紅，想不到玥真的親她。

「嗯……」

「不用冰敷嗎？」

思語搖頭。

明韻更衣後，跟學姐說聲再見，拉著玥離開。

「妳不是決定避開她嗎？」

玥搖頭。

「妳喜歡上她了？」

玥再搖頭。

明韻嘆氣，玥只是聳聳肩。

玥穿上灰色紅十字會制服，格外醒目，跟袁慧的藍色女童軍服，
服務大眾的精神，令人仰慕。

她們躲在食堂的角落吃早餐。

美娟看到她們，「昨天怎麼了？聽聞妳們接吻。」

玥皺眉，「誇張！」

明韻啃著三文治，「不願置評。」

思語也剛到學校，玥看到她但沒有迴避，只是繼續吃早餐。

學生會長問問思語，「今天誰當值？」

「我來吧。」

「這兩天也是妳，不太好吧。」

「沒關係，反正我要跟總務開會。」

思語想留下來看玥的操練。

「四社開始籌備運動會，我們也要開始準備歌唱及問答比賽。」

「好的，星期五吧。」

會長點頭，喜歡思語的魄力。

午飯時，思語三人碰見玥她們，朗卻一個箭步摟住玥的肩膀，

「昨天不好意思。」

「沒事啦。」

思語走過來撥開她的手，朗就是要看他吃醋的樣子。

「我走了。」玥笑笑。

下課後，紅十會小組在步操，準備運動會的彩排。

四社也開始準備啦啦隊的招募，黃社社長慘叫，「又要做啦啦球了！」

白社社長在笑，「每年都是叫中一生幫忙啦。」

中學的回憶大多數是尖叫和大笑的片段。

可嵐留下來跟思語、總務商量學生會的設施和預算，她眼尾看到玥在進行步操排練，不禁一說，「這麼帥氣！」

「妳爲什麼對她這麼上心？」思語不太高興。

可嵐錯愕，「妳們不是……」

思語才明白過來，然後摟著可嵐呵呵大笑，「誤會了！誤會了！」玥看到她們摟抱。

可嵐掙扎她的糾纏。

總務年長她們兩年，清清喉嚨，「可以開始嗎？」

商討了大半小時後，總務先離開，思語看到玥坐在一旁休息。

思語只是看著她，沒有接近她。

先接吻，後曖昧，她們把次序倒轉。

玥也看到思語，只是看一眼，便低頭經過。

第二天紫社社長找上玥的班房，「妳們好，我是社長何紫薇，每年運動會都非常需要同學們的幫助，希望紫社的同學下課能留下幫忙做啦啦球。」

玥嘆氣，「又留在學校？社長，妳有找其他班嗎？」

紫薇吞吞吐吐，還不是程思語又哄又嚇要求她找上殷玥。

「妳們班房近樓梯，方便！」

什麼理由啊？

玥的媽媽是會計師，所以她經常一個人在家，爸爸在小學時已經離開她們另組家庭，所以學校好像第二個家。

「好吧。」玥答應，最近的課外活動耽誤了她的學業。

她要好好安排時間讀書，紅十字會，紫社，還有……思語的籃球練習。

她們的關係好奇妙，很在意對方，但只能偷偷遠望。

　　雨天代我爲妳哭

紫薇握著玥的手，「謝謝妳！」

下課後，玥跟袁慧回家，「中學的生活太過多姿多采，希望還有時間讀書。」

緊接一個星期，玥有三天下課留下來。

籃球練習過後，拉著玥先離開學校，「明天要測驗，快回家！」

不消一會，突然在門口聽見尖叫聲，她們兩個奔回學校，玥還帶著淚光。

思語跑到她們面前，玥也顧不得其他人，衝入她的懷抱在哭。

思語緊張地道，「發生了什麼事？」

老師也出來看過究竟，袁慧口震震說，「露體狂！」

「又是他！」朗在門口拿起木棒就追出去，幾位同學也跟著走，兩位男老師隨後叫嚷，她們真不當自己是女生。

老師馬上報警。

「他有沒有對妳們怎樣？」思語掃著玥的頭髮，柔聲道。

玥搖頭。

「妳等我一會，我換好衣服，跟妳們到地下鐵站。」

玥抬頭才發現四周的人看著她。

可嵐做個手勢，「大家一起回去吧。」

她們坐在一旁，男老師已經把人交到警察，接著教訓朗，「老師知道妳是短跑冠軍，但妳是女生，怎可以拿著木棒就追出去呢？」

「是，老師！」朗只是笑嘻嘻。

老師慨嘆，教學二十五年，這位同學將來也不會像一位女生。

一行人下課，氣氛尷尬。

思語不知應該跟玥並肩步行還是不應該，她跟可嵐隨後。

到地下鐵站，思語才發現她跟玥住同一區。

「我跟她乘搭巴士。」

思語跟玥坐在上層，她才輕輕牽著她的手，「每天我等妳下課，好嗎？」

玥輕輕倚著她搖頭，「現在剛剛好。」

心意傳達了，形式根本不重要。

是不是愛，不知道，但是已經有喜歡的感覺。

「嗯。」

兩人都搞不清是什麼感情。

少年不懂得愛嗎？不是，只是他們未懂怎把愛表達出來。

她們第一次十指緊扣。

早上，朗因捉拿而大出風頭，學妹們紛紛轉會當她的粉絲。

明韻啃著三文治，看到思語便跟玥說，「妳男人。」

玥回頭看到思語，臉紅低頭罵，「什麼我男人？！」

「誰都知道妳們的事。」

玥噓一聲，「低調一點。不想給老師知道。」

小息時，紫薇來找玥，「妳看看這啦啦隊制服。」

玥皺眉，「社長，我加班幫妳做啦啦球，我不要做啦啦隊！」

「為什麼呢？」

「沒時間讀書。」

紫薇也認同，「好吧。」然後偷偷地在她耳邊說，「妳不想幫程思語打氣嗎？」

玥臉紅，「什麼啊？」

「妳不知道嗎？每位社員參賽，我們就可以拿一分，若果得獎，再加三分，然後兩個大獎，全場總冠軍及啦啦隊冠軍。」

「我會好好幫妳做啦啦球。」玥推她出班房。

回班房後，袁慧向玥撒嬌，「妳也留下看我田徑訓練吧。」

「可以啊，我要去做啦啦球。」

下課後，袁慧拉著玥低聲說，「她叫何以薇，短跑跟黎逸朗不相伯仲。」

「妳喜歡她？」

袁慧臉紅。

朗在旁練習，看到玥便打招呼。

「我還未好好謝謝妳！」

「哈哈，我一直想打他一頓！」

何以薇也走過來，玥驚呼，「妳們兩位也是綠社，我們怎贏啊？」

以薇低頭笑笑，她跟朗一樣，個子不高，跟玥的高度差不多。

「妳跟何紫薇是兩姐妹嗎？」

以薇點頭。

「我的好友袁慧，請多多指教！」玥硬拉好友過來。

以薇有點內向的個性，只是笑笑。

思語在學生會走出來，把手放她的頭，輕輕撫摸她的頭髮，向朗說，「明天一起午飯好嗎？」

朗笑答，「妳請客嗎？好啊！」

「我先送她回家。」思語輕輕推一下玥的背後，表示她們的關係。

離開學校，玥才挽著思語的手臂。

「妳跟何以薇相熟嗎？」

「沒有啊，只是袁慧仰慕她。我跟她姐姐才熟絡，她老是找我做東做西。」

思語乾咳兩聲，「是嗎？」

「明天我們一起去吃飯，方便嗎？」

「只是吃飯又不是做什麼。」

玥微笑。

思語只是想同學知道玥是她的人。

她們最後選擇了日間經營午餐的酒吧。

點了午餐後，玥再次多謝朗。

「沒什麼。」朗笑笑，「妳們兩個不怕訓導主任嗎？」

「我們什麼都沒做。」思語聳聳肩。

「誰信妳？」

「我只是喜歡她，又沒有影響讀書。」玥坦言。

思語想不到她直說喜歡她，感到有點不好意思。

每次思語在練習籃球，玥也在溫書；玥在紅十字會學習，思語也在當值和溫書，她們只是陪伴對方。

不少同學也妒忌玥能跟她們吃飯。

下課時，玥看到滿街黃葉，突然感到少許涼意，玥在想是否編織一條頸巾給她呢？

中期試成績出爐，玥的中，英文是全級頭十名，科學還要加把勁。

玥拿著成績表，在走廊碰見可嵐。

「怎麼吃飯也不邀請我？」

「跟妳吃飯，我怕課室門口有人抗議。」

可嵐微笑，她臉上的梨渦，笑起上來有很大的吸引力。

「成績怎樣？」

「科學只是剛合格。」

「妳今天下課到飯堂，我幫妳解答一下。」

「真的嗎？」玥雙手合十，開心地跳來跳去。

下課後，玥找一個最角落的位置等可嵐。

可嵐看到她時，只是微笑便開始教她科學。

「這麼帥的人教我科學，很難專心。」

可嵐敲她的頭，「妳專心一點。」

她看著玥，是她在樓梯先看到她的，不是思語。

思語在奇怪整天也看不到玥，去到飯堂，看到可嵐在教她功課。

可嵐的眼神總是溫柔，思語走過去放下書包，坐在她們對面。

玥抬頭，對她微笑，「今天不用當值嗎？」

思語搖頭，「我去補習，明天見！」

玥撅起嘴，作飛吻狀，「加油！」

思語笑著離開。

「她沒有教妳卻有飛吻，我什麼也沒有？」

玥笑著遞上她在喝的凍可可，可嵐按著她的手吸一口。

「不衛生啊！我再請妳喝。」玥站起來。

可嵐只是拉著她的手微笑搖頭。

她讓出副會長之位，現在又要讓出殷玥？為什麼？

轉眼間到運動會，今年十二月的天氣還不太寒冷，玥沒有參加項目，躲在長椅後編織頸巾。

思語參加了跳高和跳遠，紫薇過來找玥，「妳還不打氣嗎？」

「一百米短跑才叫我吧。」她扮鬼臉。

玥長得可愛，其他同學本來期待看看她的啦啦隊打扮，但整天不見人。

朗準備一百米賽跑，經過思語的身邊，「怎樣不見殷玥？」

思語聳聳肩。

「各位健兒準備！」

玥馬上搖著社旗，「紫社加油！紫社加油！」最後她屈服於社長，梳了兩條孖辮，繫著兩條紫色絲帶，紫色運動衣加白色百摺裙。

朗被她嚇到，成個吉祥娃娃的模樣，以薇卻喜歡她的活潑。

紫社有甜姐兒之稱的王安兒出場，應該有一場爭鬥。

喇叭一響，各健兒衝向終點，玥叫得力竭聲沙，「紫社加油！」

玥忘記自己穿上短裙，思語公主式抱起她，「妳啊！」

大會宣布，「第一名，王安兒；第二名，何以薇；第三名，黎逸朗。」

玥在大叫，「我的天啊！」

她馬上推開思語，衝到跑道上，「學姐，學姐！」擁抱從未認識的安兒。

以薇看到羨慕，玥也過去跟她擁抱，「妳也很厲害！」

紫薇把玥提回來，「妳是紫社，不是綠社。」

大會廣播，「請四社啦啦隊準備，老師將會開始評分！」

玥出動祕密武器，她們穿上粉紫色蝴蝶翼，拉起用人手做的蝴蝶風箏，漫天紫色，夢幻仙境似的。

雖然蝴蝶跟運動會扯不上關係，但老師們也看得出她們花了很多心思。

黃社的可嵐，家尉也被玥吸引過來，家尉在笑，「她真的夠誇張了！」

可嵐只是靜靜地看她。

紫薇帶領全社的人唱歌，「今天參予競賽，來為我社添分數，在sports day我甚威風……」

其餘三社都自知無望獎杯。

比賽分開兩日，第二日玥要去紅十字會當值，可嵐拿著杯熱可可坐在她旁。

「我在這裡偷懶。」

思語忙於跳高決賽，朗也準備八百米決賽。

可嵐呷一口熱可可遞給玥，「拿著。」

玥接過來呷一口，「謝謝。」

比賽只有半天。

頒獎儀式開始，思語拿了跳高比賽第三名，朗在八百米拿了第一名。

同時宣布全場總冠軍是綠社，啦啦隊總冠軍是紫社。

運動會正式結束，玥呼出一口氣，終於有時間讀書了。

「下星期繼續科學補習，我走了。」可嵐先離開運動場。

玥高興地等思語換衣服，她出來時，小男生的模樣。

她們乘車到遠一些地方吃午餐。

在車上，玥牽著思語的手，「剛剛我在當值，不能上前恭賀妳。」

思語捻她的鼻，「妳啊，推開我去擁抱王安兒。」

玥掩面，「我現在見到她也感到不好意思。」

「剛剛紫社奪得啦啦隊冠軍，為什麼不見妳？」

「又不是我功勞。」

「蝴蝶不是妳的主意嗎？」

玥微笑，「跟妳一起，低調點較好。」

「妳喜歡我什麼？」思語是高興有人喜歡她，但不知道是什麼的感情。

「帥吧。」玥羞澀道，「還會保護我。」

思語忍不住低頭吻她。

現在她們只能偷偷地一起，或許，長大後她們的感情較容易被人接受。

終於可以像情侶挽手逛街。

「聖誕節我們一起過吧。」

「真的？」

玥在書包裡拿出圍巾，「我第一次編的，希望妳會喜歡。」

「原來妳終日不見人就是編織圍巾！」

玥嘻嘻大笑。

「謝謝妳！我很喜歡！」

思語圍著上學，算是半公開她們的感情。

玥看到很高興，一直在微笑。

老師也看到，微笑搖頭，「每年都有這些純真的學生。」

「由她們吧，長大後才會發覺擇偶條件並不是喜歡這麼簡單。」

聖誕節前考試，學生不是留下來溫書，就是到圖書館，可嵐仍幫玥補習科學。

玥買了兩杯熱可可，思語過來說聲再見就趕去補習社。

「很冷啊！」

可嵐解下她的圍巾，圍著玥，面對面說，「妳可否好好照顧妳自己？」

玥大笑，「妳這麼偶像劇，害我突然心跳加速。」然後嗅一下圍巾，「妳用什麼沐浴露，這麼香？」

可嵐翻白眼，擁著她的頭到胸膛，「讓妳聞個夠。」

玥搥打她一下。

終於考試完畢，學生會舉行聖誕演唱會，只要捐款支持學校，學生便可穿便服上學。

玥穿上格仔連身裙，放下長髮，戴上可愛的頭飾。

思語跟可嵐是司儀，穿上皮夾克的她們非常酷帥，她們一上台，台下的同學們在尖叫。

美娟坐在後面，推一推玥，「妳老公好帥啊！」

玥臉紅，搖搖頭。

思語看著台下，「多謝各位同學的捐款，所得的籌款將會用來改

善學校的設施。」

可嵐接著說，「今天每位同學都非常漂亮，」然後看著玥，「非常可愛。」

玥連忙低下頭。

思語看到她們眉來眼去，皺著眉繼續主持演唱會，「有請我們第一位出場的同學……」

她在後台想問個究竟，可嵐卻一臉不以為然，還問朗，「今晚去哪兒玩？」

朗問思語，「妳們二人世界，還是大家一伙兒去KTV？」

「當然KTV！」

下課後，思語跟大伙兒去KTV，玥先行回家。

可嵐突然說，「在KTV等。」

她跑回學校方向。

其實她追上玥的回家方向。

「玥玥！」

「可嵐？」玥回頭。

「回家吃飯嗎？」

「不是，媽媽的公司有晚會。」

可嵐微笑，牽著她的手在附近的商場吃飯。

「妳不是去KTV嗎？」

可嵐沒有回答，「妳想吃什麼？焗飯好嗎？」

「好的。」玥看著她。

「我唱歌很難聽，我晚點去找她們。」可嵐故作難為情道。

可嵐很細心地盛飯給玥。

吃飯後，她們在聖誕樹下拍照。

「謝謝妳！」

「我希望也收到妳的圍巾。」

玥笑道，「很多學妹也很願意為妳編圍巾。」

可嵐送她到車站，便找思語她們。

思語跟玥約好共渡聖誕節。

玥刻意打扮較成熟一點，穿上深藍色的絲絨裙，簡單地束起頭髮配上銀色的髮箍。

思語看見她時不禁會心微笑。

她們牽手去看電影，同性愛不容易被接受，只有在漆黑的電影院裡，感受自由的空氣。

看到電影一半，思語擁著玥，偷偷地吻她一下。

玥熱情地回應，她真的喜歡思語。

散場後，她們到咖啡店吃晚飯，兩人只是學生，不用花太多錢約會也感到高興。

兩人並排而坐，邊吃邊閒聊，直到點甜品時，玥從小手袋拿出一份禮物，「聖誕快樂！」

思語想不到收到聖誕禮物，低頭吻她，「謝謝妳！」

玥臉紅，「我也謝謝妳，這是我最快樂的聖誕節！你拆開來看看。」

思語高興地拆開，是鎖匙扣，一件籃球球衣和一條公主裙扣在一起，他揮一揮，「是我們嗎？」

玥點頭，含蓄地笑。

下學期開始，春天。

徐徐的微風，玥在閱讀，思語躺在她的大腿上，享受樹葉縫中照射下來的陽光。

這一刻是最快樂的時光。

玥經常陪著母親看九十年代的戲，聽九十年代的歌，她嚮往舒服自在的愛情，就像Notting hill的電影一樣。

中一的生活結束，暑假過後，又新的學期。

今年的中一新生，其中一位叫白筱佩非常漂亮，中韓混血兒。

「思語，妳看。」朗低聲道。

「嗯，很漂亮。」思語低頭喝汽水，「妳想我給玥玥罵嗎？」

可嵐瞥了一眼，便繼續低頭看書。

玥剛到學校，只遠遠對她們三人微笑點頭。

筱佩對思語一見鍾情，她拿著烹飪班的食物給思語，「妳試試好嗎？」

思語愕然，不知道怎反應，家尉卻在旁邊火上加油，「程思語，每年最漂亮的都選妳，公平嗎？」

思語畢竟年少，感覺飄飄然，手不其然拿著便當盒，「謝謝。」

玥只看了一眼便回課室。

家尉幸災樂禍，「噢！會被扭耳朵嗎？」

思語沒有理會她，把便當盒放在儲物櫃，馬上溜開去找玥。

「玥玥！」

玥沒想過她追上來，連忙推她在樓梯門後，「怎麼了？」

「她硬塞過來的。」

玥只是笑笑,「妳受歡迎也是正常的。」

思語微笑,「下課見。」

校園不大,思語的中文課要借用地方,剛好是玥的班房。

玥是今年的班長,「同學們,快一點收拾,我們要去上音樂課。」

她連看思語一眼的時間也沒有。

美娟看到思語,還未開口,玥已經掩著她嘴巴,推她到音樂室。

思語看到她趕鴨的樣子,感到她格外可愛,微微一笑,抬頭時看到樓上的筱佩正看著她,她沒有理會,跟其他同學閒聊。

下課時,思語跟玥並肩乘車回家,玥看到她的背包上的鎖匙扣,心情喜孜孜地一直微笑。

思語回家後,她媽媽跟她說,「我們打算移民去英國,這個學期完結後就出發。」

「什麼?我不去!」

「什麼我不去?聖誕節後我們過去了。」

「你們什麼都安排好才告訴我吧?太過分了!」

思語把自己關在房裡。

週末,思語約了可嵐,朗打籃球。

「我媽說,聖誕節之後移民去英國,完全沒有問我意見!」

她把球大力拋出去洩憤。

可嵐卻說,「妳現在過去讀書也只是幾年,回來是一名海外留學生,不好嗎?」

「妳跟玥說了嗎？」朗問。

思語頹然搖頭。

「不用擔心，我會照顧她。」可嵐拍拍她的肩膀。

晚上，思語約了玥見面。

玥高興地牽著她的手。

「妳想吃什麼？」

「壽司？」

「好啊。」思語緊緊地握住她的手。

吃過壽司後，逛街，再坐下來喝咖啡。

「我買吧，妳想喝什麼？」玥笑瞇瞇問。

「焦糖咖啡。」

思語心裡糾結不知怎開口。

玥坐下來，遞咖啡給她，「怎麼了？」

「嗯，我媽說，聖誕節後我們移民去英國。」

「這麼突然？」玥瞪大眼睛。

思語點頭，「他們瞞著我申請移民，一點也不尊重我。」越想越
氣忿。

玥握住她的手，「我可以升大學時來找妳啊。」

「不能現在一起過去嗎？」

「我怎跟媽說呢？」

「妳問問她吧，妳想和我分開嗎？」

「當然不想和妳分開，但我們有選擇權嗎？」

思語垂頭嘆氣，她們沒有選擇權。

母親決定怎麼做，她們只可以跟著怎做。

玥坐在思語的身旁，安慰她，「我問問吧。」

思語擁著她，「對不起！」

「我對我們有信心，妳永遠都是我的男朋友。」

思語回復笑容，「不是老公嗎？」

玥臉紅，她擁著思語，非常不捨，但知道自己沒辦法跟她去英國。

思語也擔心，玥生得標緻，不要說男生，女生也會喜歡她。

時間一步步的迫近，玥還未開口跟媽媽說。

思語大發脾氣，「妳這是什麼態度？」

玥慌張地拉著她的手臂，「我未找到機會跟她說……」

思語甩開她的手，玥追上去，「思語！」她顧不得了，馬上吻她一下。

「妳給我多一點時間，好嗎？」

思語沒想過玥在學校吻她，氣消了一半，「好吧，不要讓我等太久。」

晚飯時，玥跟媽媽說，「我想明年去英國升讀Year 9.」

殷母看著她，「爲什麼突然想去英國？」

「老師說我成績不錯，我想考更好的中學。」

「妳年紀尙小，Year 11我還可以考慮。」

「早點過去，我可以適應寄宿學校的生活。」

「妳今年考試成績給我看看，我再考慮，不過Year 9就不用想了。」

「是……」

殷母是說一不二的人，玥不敢爭辯。

殷母出差，玥連忙安排離島住宿跟思語渡過週末。

「天氣有點涼，我們吃火鍋好嗎？」玥牽著她到店內。

「妳跟妳媽媽說好了嗎？」

玥點頭，「她要看看我今個學期的成績，所以最快我明年才可以過來。」然後看著思語，「對不起，我只能爭取到Year 9的升學。」

「半年看不到妳。」

「對不起……妳會等我嗎？」

「當然！」

玥微笑，夾一著菜給思語，「吃吧！」

她們留宿一晚，思語有點忸怩，她喜歡玥但身體接觸她還是不敢。

玥擁著她，吻了又吻，思語輕輕撥她的頭髮，「玥玥，我們未成年，不可逾越。」

她臉紅，思語看穿她的意圖，其實玥知道沒法明年升學，希望將身體交給她，增強思語的信心。

「無論怎樣，我是妳的。」

思語微笑。

「我期待妳過來英國。」

玥沒有回答，只是擁著她。

在學校，她們已毫不避忌地走在一起。

白筱佩趁玥不在身邊，她又送東西給思語，是一條頸巾。

思語微笑婉拒，「我已經有玥玥，不需要了，謝謝。」

今年的冬天特別寒冷，她們渡過最後一個聖誕節。

送機的一刻，思語的好友紛紛過來送機，玥哭得眼睛也紅腫了。

思語在家人面前擁著她，吻她的額頭，「我等妳。」

玥哭著點頭。

思語忍著眼淚，上機後才敢偷偷流淚，她根本不想離開。

可嵐送玥回家，安慰道，「妳明年便可以找她了，不用那麼傷心吧。」

玥搖頭，「我騙了她，我媽媽不准許我明年到英國，起碼要等兩年。」

可嵐愕然。

思語初到新環境不太適應，每天借故跟父母發脾氣，當然玥也是被罵的一位。

「怎麼不接電話？」

「我上英文補習班。」玥委屈道。

因爲時差的關係，玥有時熬夜跟她通電話，第二天沒精神上學。

可嵐給思語一個短訊，「玥今天打瞌睡，妳跟她每晚通電話嗎？」

「不是啦！」

思語開始交新朋友，再沒有追蹤玥的行蹤，週末她再問，「申請了學校沒有？」

玥低著頭，「媽媽還未肯簽名。」

「妳可以為我們付出多一點努力嗎？」

「我有啊，現在上補習班準備，而且取消所有課外活動了。」

玥眼眨淚光，思語感到歉意，「對不起⋯⋯」她的生活圈子只剩下補習和等電話。

袁慧看不過眼，「這個程思語以為自己是誰？」

美娟也勸道，「玥，明年是中三了，如果沒有課外活動，對妳自己的個人簡介也不太好看。」

玥點頭，「明白了。」

袁慧不耐煩，「妳早些跟她說吧。」

玥鼓起勇氣跟思語說，但對方沒接電話，只是給她短訊，「我跟朋友去玩，明天再談。」

半夜時分，電話卻響起來，思語要跟視訊，背景音樂非常嘈吵，她好像喝了酒，「他們不信妳是我的女朋友，你們看看我的女朋友多漂亮！」

玥尷尬地打招呼，把被子拉上胸口。

思語酒醒後才記起發生什麼事。

「對不起，我忘記了時差。」

玥低下頭，「我跟媽媽說了，她不放心我一個人去英國，要再等多一年⋯⋯」

「殷玥，妳是一直在騙我嗎？」

玥慌張地哭起來，「不是！」

思語掛她電話。

玥又亂又急，不知怎算。

第二天下課，思語打電話給玥。

「妳爲什麼要騙我？」劈頭怒吼她。

袁慧忍無可忍，搶過電話來，「妳以爲自己是誰？玥隨時隨地等妳電話，取消所有課外活動，妳當她什麼？我不會讓她去英國，妳完全沒有關心過她，自以爲是！」

玥急得哭了，搶回電話，「思語，對不起！」

「妳爲什麼跟她說對不起？」袁慧激動，「程思語，我告訴妳，就算她到英國，她只是被妳掉在一旁的寄宿學校，妳根本上就保護不到她！」

思語沉默。

玥抓著電話，「對不起，請妳不要生氣，好嗎？」

「對不起，我會等妳。」

玥高興得掉眼淚，「眞的？」

「眞的。晚點再談。」

美娟嘆氣，「玥，妳有必要這麼卑微嘛？」

「她緊張我，愛我才這樣。」

玥沒有父親，母親又經常不在家，以爲愛情就是占有。

美娟拉她到咖啡店坐下來。

「我不是潑冷水，妳覺得妳們有將來嗎？」

袁慧直接地說，「妳媽會接受嗎？」

「我不知道，但我不想後悔。」

轉眼可嵐升讀中六，當選學生會會長，玥則當選宣傳。

「可嵐，妳明知我交際不好，妳還要我去選。」

「妳有我嘛。」可嵐溫柔地說。

終於可以朝夕相處。

玥的心思仍然放在思語身上。

學期末。

「媽媽，我明年可以到英國升學吧？」

殷母看過成績表，點頭答應。

玥急不及待地去升學中心報名。

第二天下課後，可嵐叫住玥，「什麼事令妳高興？」

「我終於可以去英國了。」

可嵐凝住，「程思語有什麼吸引力，令妳這樣待她？」

玥感到奇怪，「妳一向都知道我喜歡她。」

「我喜歡妳，妳感覺不到嗎？」

玥愕然。

「我就快畢業了。」可嵐看著她，「妳可以吻我一下嗎？」

玥遲疑，可嵐說，「可以嗎？」

玥飛快地吻她的臉，然而可嵐卻摟著她的腰，低頭吻她的唇，玥瞪大眼看著她。

可嵐低笑，「這兩年的教學費。」

思語回校打算給玥一個驚喜，卻被她看到這一幕，難怪玥一直不願過來英國。

她抑壓怒火離開學校。

玥尷尬，「可嵐，我……」

可嵐看著遠方，再看著她，「知道了。」

玥雀躍地找思語，但怎樣也不打通電話，就算短訊也沒有回覆。

就算她把申請表傳給她，一樣沒有回覆。

彷彿消失於人海中。

聽著王菲的「約定」。

玥的媽媽最喜歡的歌，她說一九九七那年，是她最好的一年，之後從未快樂過。

玥倚著好友袁慧看著下雨天。

「還在想她嘛？」袁慧輕輕問。

玥嘴角牽動一下，「哪有一天不想她？」

窗外的雨點越下越大。

「她不找我，又讓我找不到她，還可以怎樣？」

玥看著窗外，輕嘆，只能雨天代我哭吧。

思語大學畢業後，舉家回流。

她沒有告訴任何人。

茫茫人海七百萬人，她怎會找得到她？

可嵐過來找玥。

「好嘛？」

「很好啊！」

「我的會計師樓欠缺人手，有興趣過來幫忙嗎？」

「好啊。」生活忙碌就不會想她了。

沒有刻意忘記，只是長大後生活忙於奔波，很多人和事想記住也記不起來。

公司的同事也有對玥展開追求，但她全是微笑婉拒。

袁慧介紹她的家庭醫生給玥。

「我的好友，殷玥。」接著說，「我的家庭醫生，楊嘉浚。」

玥微笑，她的心不在這裡。

「出去看場電影，好嘛？」

渴望再見的一刻，卻在電影院重遇……

兩人看著對方。

「好嗎？」思語先開口。

有位女生拿著爆谷，挽著她的手臂，「入場了！」

玥看著她，努力地擠點笑容點頭，這麼多年沒見，心裡還是刺痛一下。

「我們入場了！」嘉浚拿著汽水和爆谷，輕輕用手肘碰她。

玥點頭。

未開場，玥已坐立不安，根本不想跟他看電影，「楊醫生，我去洗手間。」

原來思語跟玥不約而同從電影院走出來，兩人對望，心跳加速，究竟去還是不去？

玥已顧不得其他人的目光，她衝上前吻著思語，將所有思念化作行動，「我好想妳！」

思語拉著玥到酒店，她們做了不該的事情。

電話響起來，思語的女朋友佳琦，「妳在哪？」

「對不起，我有事，晚點跟妳說。」

玥覺得羞愧，她跟其他第三者有甚麼分別？

「思語，對不起。」

玥馬上穿好衣服，準備離開，思語捉住她手臂，「玥，我們是成年人，我會爲自己所做而負責。」

「我們先冷靜一下，好嗎？」

「妳要跟男朋友說嗎？」

「他不是我男朋友。」玥低頭，「我沒有跟任何人談過戀愛。」

思語愕然，「怎麼會？可嵐呢？」

「我怎會跟她？」

「妳不是吻過她嗎？」

玥愕然，想了一會，「畢業那年，她跟我表白，但我拒絕了。」

天啊！原來只是誤會一場！

思語抓一抓頭髮，她怎跟佳琦說？

「思語，對不起。」玥忍著眼淚。

思語擁著她，「我並不後悔。」明明彼此想念對方。

佳琦又再打來，「思語，我們不是去看禮服嗎？」

玥驚訝得心跳加速，扮作聽不到。

「我待會打給妳。」

思語看著玥，怎可以再次放手？

玥微笑著，「妳給我電話號碼，我們再聯絡，不要讓她等。」

思語給她電話號碼後，拿起外套就走了。

玥的心都碎了，一切已經太遲。

她沒有再跟思語聯絡。

失蹤了一年，玥經常偷偷地看思語的社交網站。

「最近她工作好像很辛苦。」

「唉，她又熬夜了。」

直到有一天，玥看到思語跟她的女朋友結婚了，那女生笑得多燦爛。

她才明白重遇的那一天是心碎，今天是連靈魂也沒有了。

玥躺在床上一直不動。

感覺已被掏空，剩下一副軀殼。

可嵐過來看她，「妳這樣何苦呢？一是搶她過來，一是衷心祝福她，妳還有家人和朋友啊。」

想不到玥這樣情深。可嵐自嘲，她何嘗不是一直等待殷玥。

可嵐扶玥半坐起來，靠著自己，「有時候，我真想代妳哭，妳可以好好愛自己嗎？」

玥的頭枕在她的肩膊，人生有八苦，求不得苦讓她們痛愛著得不到的人。

玥苦笑，「媽媽總說我像八十年代的人，死心眼，從一而終。我有著不該有的期待。」

可嵐握著她的手，「玥，我們一起吧。妳想哭就哭在我懷裡。」

又過一年。

「玥，這個客戶是妳跟進嗎？」

「是啊！」玥看一眼文件，便突然倒在地上。

可嵐馬上抱她到醫院。

醫生講解情況後，可嵐發瘋地找思語出來。

「我不在香港，怎麼了？」思語聲音冷漠。

「你回來陪玥玥最後一程吧。」

思語震驚得答不上話來，「什麼？」

可嵐看著臉色蒼白的玥，勉強擠出笑容，「思語回來看妳，妳要堅持啊。」

玥虛弱一笑，「她肯見我嗎？」

可嵐點頭。

思語掛斷電話後，馬上訂機票回港，太太佳琦看到她臉色大變，「怎麼了？」

「對不起，我要趕回去見一個人。」

「誰？」

思語忍不住落淚，「深愛的人。」

可嵐半跪在玥的床邊，「玥，妳要堅持，思語已在隔離酒店，妳們很快便見面了。」

玥微笑點頭。

她已經不知道日與夜，只知道是漫長的等待。

思語在酒店裡心急如焚，怎樣交涉，她亦無權利先見她一面。

「求求你們讓我見她一面，我會回來酒店的。」思語絕望地求助。

玥一早起床打扮，跟思語用視訊通話，「我還好，不用心急，我等妳。」

思語忍著眼淚點頭。

掛線後，玥換上不同的衣服，不同的髮型，不同的妝容，開始錄影。

可嵐的心，很痛，很痛。

第十二日，玥只傳錄影，思語打電話給可嵐，「玥玥怎麼了？」

「身體有點虛弱。放心，她在等妳。」

思語坐立不安。

可嵐坐在玥的床邊，看著熟睡的她，握著她的手，「妳一定等到思語啊。」

第十五日，思語登出酒店後，馬上乘車到醫院，「可嵐，我現在過來。」

可嵐聽著高興，掛線後說，「玥玥，思語現在過來看妳了。」

她卻聽到一道長音。

可嵐立即按掣通知醫生，跪下來握著她手，「玥玥，我求妳，我求求妳，妳等她好嗎？」一邊說一邊哭起來，「對不起！妳等她好嗎？」

醫生，護士趕過來，可嵐被拉出房門，看不到他們在做什麼。

這十分鐘感覺非常漫長。

思語終於到了醫院，她跑上樓層，看到可嵐面如土灰，渾身顫抖，她沒有問什麼，便打開房門。

護士過來，「妳是誰？」

「我是……」思語不知道她是她的誰，「我是她的……」

「可以出示證明嗎？」

思語激動，「還要證明什麼？」

護士長示意，「讓她進去吧。」

思語看到玥安靜地躺在床上。

「寶貝，我來了！」思語跪在床邊，「對不起！我來了！」

她吻著她的手，用平靜卻極度悲傷的語氣，「我來了！」

思語掃一掃她的頭髮，「對不起啊，要妳等這麼久。」然後苦笑，「最後還是見不到。」

再也忍不住悲傷，痛哭起來，「妳為什麼不為我堅持多一點？為什麼？」

可嵐過來拍拍思語的肩膀，嗚咽地說，「對不起！」

思語心痛難忍，「她拋下我，因為她不肯原諒我嗎？」

「思語，不要這樣，玥這生只愛妳一個。」可嵐自責，「是我不好，要她親我令妳誤會，妳們兩人錯過了很多時光。」

思語聽不進任何說話，只是看著玥，「我帶妳回家，好嗎？」

他牽著她的手，吻了又吻，「玥玥，我們回家吧。」

思語打算抱起她。

「思語，我知道妳很難過，我也很難過，但玥已經不在了。」可嵐按著思語，「你不要這樣，好嗎？」

護士長看過很多生離死別，但每天看到玥坐在窗前等待她愛的人，最後等不到，她都忍不住落下淚來。

她拭淚後，跟思語說，「妳愛她，就讓她好好安息吧。」

思語落下淚來，「玥玥，對不起，我愛妳，對不起，我從來沒有說過我愛妳。」握緊她的手，眼淚簌簌而下。

「可以讓我陪她多一會嗎？」

護士長答應，「半個小時，工作人員會過來。」

思語一直輕撫她的臉，「妳為什麼不等我呢？妳是懲罰我嗎？」

她擁著她坐起來，又再落下淚來，思語感到徬徨，「妳走了，我還留下來做什麼？」

她看到床頭旁邊有本日記，封面寫著：「留給最愛的思語」

思語雙手發抖，打開了第一頁，聲音沙啞地說，「我明白了。」
然後用臉磨蹭著她的臉。

這樣坐著二十五分鐘。

「下一世我們一定要做夫妻啊。」

吻她唇一下，便好好放她在床上。

「我愛妳。」

思語打開門時，她看到玥的媽媽。

殷母走進來，行政人員的打扮，神情冷淡，「妳就是程思語？」

思語點頭，「是。」

「妳跟妳媽媽長得一模一樣。」

「妳認識我媽媽？」思語愕然。

「我們曾經是同學。」殷母望向窗外，「妳想帶走殷玥？」

思語低頭，「是，我帶她到我身邊。」

「妳還年青，將來還有很多可能性。」

「我還可以愛其他人嗎？」她懷疑自己能否愛佳琦。

殷母皺眉，「我不知道妳跟殷玥是什麼關係，但妳不可以帶走她。」

思語激動，「亞姨！」

「當初有好好的堅持，就不會有今日的結果。」殷母表情冷漠，「我准許妳帶走她的遺物，但抱歉地告訴妳，其他就不能了。」

思語跪下來，「請妳讓她陪伴我下輩子。」

「玥是我的唯一，妳只能帶走她的遺物。」殷母眼神冷冰冰看著思語，「明天妳來我家。」

思語還未整理好她的情緒，聽到玥的媽媽這番話，有點不知所

措。

「明天見！」殷母開門請思語離開，可嵐也只好拉走她。

思語一臉惘然，「我先回家。」

可嵐擔心，「我陪妳吧。」

思語搖頭，「我想一個人。」

回家後，思語跟父母打招呼便回房，突然轉身，「媽，妳認識李語晴嗎？她是我朋友的媽媽。」

程母臉色一變，「不太熟絡。」

「是嗎？」

思語便關門，靜靜地看玥寫給她的說話。

第一頁。

思語，代我好好生活下去。

第一天。

想不到，將會見面的一刻，就是話別。

思語已經忍不住流眼淚。

第二天。

可嵐堅持找妳，我在想，妳還會想見我嗎？

第三天。

妳肯為我趕回來，我好高興。

第十天。
身體越來越無力，但我會堅持。

第十二天。
我愛妳。今世，無緣相愛，希望下世我們再一起……

思語的眼淚一直在流。

一九九七年，六月，初夏。

兩位女生在樓梯下相擁。

長得高大的連嘉妮，輕撫對方的臉，「不理了！」低頭吻她的唇。

高材生的她們，從小已經循規蹈矩。

「李語晴，我們離開這裡，一起出國讀書吧。」

對方大力點頭，不想再跟對方分開。

可惜兩人出國後，卻因為小事經常吵架而最後分手收場，之後老死不相往來。

當嘉妮要結婚時，語晴接受不到，她嫁給自己不愛的人，以為可以忘記她，結果生下殷玥時便離婚。

嘉妮心中仍想念對方，只是這條路難行，選擇放棄感情，唯有把自己的女兒名為思語，取自相思本是無憑語，表達她對她的思念。

當初的選擇或放棄，無論選擇那一方，總會留下遺憾吧。

某年九月，天氣漸變清涼。

巴士站。

男生終於鼓起勇氣跟女生說，「妳好，我是鄰校的程思語。」

女生愕然，然後一笑，除下耳筒，「我叫殷玥。」

「我可以加妳的電話號碼嗎？」

殷玥拿出電話，給他掃二維碼。

程思語忍住內心的激動，但嘴角不自覺向上翹。

兩人相視而笑。

十八、翼與琳

〈曖昧篇〉

戀人未滿，曖昧是最甜蜜的。

午飯時，翼一直在盯著電話，明韻好奇問，「老闆，你在等誰的電話？」

翼馬上回復冷靜的狀態，「沒有。」

德信也察覺他坐立不安，「大老闆好像回來了，今晚要開會嗎？」然後暗示，「我下班後還要約會。」

翼聽到後馬上傳短訊，「今天我會早些回來。」

然後喝口茶，又盯著電話。

貝麗，德信從沒見過老闆這個樣子。

突然叮一聲，「好的。」

翼的表情有些失望，輕輕嘆氣。

明韻叫道，「要開會嗎？」

又來叮一聲，「青醬意粉好嗎？我等你回來。」

翼的嘴角微微向上，然後看到明韻在盯著他。

「怎樣？」

回復一臉冷酷地回應，「不用開會。」

差不多下班時間，貝麗走過來跟翼說，「老闆，大老闆臨時要開會。」

翼臉色也變了，下班才來開會！

他馬上傳短訊給婉琳，「不好意思，我要晚一點。」

「我會等你啊，不用急。」

翼才放鬆下來，但開會時頻頻看錶。

德信又看到老闆急不及待離開的模樣。

終於開會完畢。

明韻跟其他同事閒聊，「老闆最近怎麼了？」她看到翼趕緊離開公司，差點撞向升降機門。

德信發覺她少了條筋，老闆明顯地泡妞啊。

連嘉茜也忍不住說聲，「是誰有這麼吸引力？」

貝麗也好想知道。

翌日開會後，翼約婉琳吃晚飯。

翼看到婉琳穿上白色連身裙，純潔可愛，感覺她就是他的天使。

他故意約她在百貨公司門口，很自然地牽著她的手過馬路，甜在心頭。

翼看看手錶，「時間還早，我們到希慎逛一會。」

身穿寶藍色西裝，配上黑色領帶，領帶夾及袋巾，非常帥氣。

婉琳害羞點頭，她心跳得很快。

他們前後站在直長的電梯，翼看著她雪白的後頸，又想起那個夢。

婉琳轉身，看到他熱炙的眼神，連忙低頭，「誠品，好嗎？」

「好。」

翼牽著她的手逛書店，婉琳柔聲問，「想看什麼書？」

「跟妳逛好了。」翼很想低頭吻她。

婉琳點頭，走到櫃檯，「小姐，請問可以預訂『相愛沒錯』嗎？」

「可以啊，請等等。」

售貨員準備入資料，「請問妳的姓名及地址。」

「童婉琳，地址是上……」

翼插嘴，「淺水灣……」

婉琳看著他，但他沒有跟她對望。

「先付款嗎？」

翼已拿出信用咭，「先付款。」

婉琳羞答答地說，「謝謝你。」

翼點頭，心裡很想把她擁在懷裡，好好疼愛一番。

他牽著她的手，繼續逛街。

想不到晚上婉琳跟他表白，終於不用再曖昧了。

這個星期，翼心情甚好，同事們難得輕鬆。

開會前，翼突然接到婉琳的電話。

「Wayne，對不起，打擾你工作，因為回家的道路工程突然水管爆裂，我們在附近吃晚餐才回家，可以嗎？」

翼用溫柔的語氣說，「可以啊，七時在銅鑼灣等。」

「待會見。」婉琳在電話吻他。

翼笑瞇瞇地掛線。

明韻用便利貼貼在翼的前額，「你是誰？竟敢上老闆身？我老闆從來不會用發情的語氣。」

翼的臉也黑了，拿下便利貼，白她一眼。

「老闆回來了！可以開會！」

同事們很想笑但不敢。

下班後，翼準備離開，明韻走過來，「老闆，可以送我們到銅鑼灣嗎？」

「不可以。」

「為什麼？」

「因為香水。」

明韻不明白，嘉茜低聲說，「老闆怕女朋友嗅到其他女人的香水味。」

「他這麼貼心嗎？」

「我好想知老闆的女朋友是誰。」

「我都想知是誰收伏伏地魔。」

嘉茜忍不住笑。

婉琳在希慎等翼。

穿著西裝的翼，一身帥氣，婉琳想到他成為自己的男朋友，不禁帶點靦腆地傻笑。

翼先扶著她腰，低頭吻她一下，她今天已經不是穿白裙用小手袋的女生。

婉琳穿上格仔連身裙，黑色小手袋。

「我可以先拿書嗎？」

翼點頭微笑。

他牽著她的手上電梯，不用再偷偷地看她的後頸了。

婉琳突然轉身，圈著他後頸，吻他的一下，「好想你。」

翼的心溶了，他擁著她微笑。

從來都沒有試過這種心情。

他們牽手到書架前，他終於可以在同一地點吻她。

婉琳臉紅，翼心頭一熱，擁著她在耳邊說，「今晚可以愛愛嗎？」

沒想過他大庭廣眾說這些，她羞赧地點頭，然後又搖頭，「不可以啊，明天要上班。」

翼忍不住笑，「早點睡覺。」

〈婚後篇〉

翼約了婉琳在銀行見面。

「什麼事？」

翼拉她坐下，跟財務策劃師說，「把我太太的名字也加上戶口。」

婉琳皺眉，「老公，不用吧，你每個月給的家用已經夠了。」

翼沒有理會，直接把她的身分證遞給對方。

一星期後，婉琳收到短訊關於三十萬元的轉帳，嚇得她馬上打給

銀行。

「陳太太，陳先生剛剛下訂一部車。」

這個購物狂，婉琳打電話給丈夫，「陳總，請問你剛剛買了什麼啊？」

翼拍了前額一下，忘記了聯名戶口，「有……有買東西嗎？」

「一輛車。」

翼裝著想起來，「是啊，用來接送岳母的。」

「不要裝了。」

「等等，老闆打電話來。」

翼抹一抹冷汗，然後又走去銀行開另一個戶口。

數月後，翼帶著祖，筠去看車。

祖皺眉，「不是剛買新車嗎？」

筠笑他，「什麼叫『新』？得不到就叫『新』吧？」

翼忍住笑，點頭認同。

他看中Mercedes G，「不如你先買，然後賣給我？」

祖拒絕，「你想都不用想，你以為她們不知道嗎？」

「你兩個怕老婆怕到……」筠嘲笑道。

「不是怕，是尊重。」翼白他一眼。

「祖一向怕老婆，翼，你也是這樣嗎？」

祖雙手放進褲袋，向他翻白眼。

翼還在研究新車，「女人結婚前，結婚後是兩個人好嗎？」

祖跟筠忍不住大笑。

銷售經理過來，「請問有什麼幫到你？」

「有什麼顏色？」

「黑色、白色及綠色。」

「黑色吧。」

祖拍拍他的肩膊，「琳琳管你是應該的。」

入秋，晚間開始清涼。

婉琳在百德新街逛街，買了很多衣服，又選了幾件恤衫給丈夫，感到花錢太多，不好意思。

翼把新車泊在大街，一下車，份外矚目，穿上最新款的Tom Ford的黑色外套，配上灰色頸巾，高大帥氣，倚著新買的四驅車，誰不看他？

他只顧打電話跟祖聊天，懶得理途人目光。

有幾位女生經過，在他面前晃來晃去，翼只督了一眼，繼續談電話。

婉琳正在內疚，卻看到老公又換新車。

翼趕著掛線，上前接過購物袋，「老婆，妳沒有買給自己嗎？」

看到她只穿冷裙，翼脫下圍巾，圈住婉琳，她抵著他，「又買車？」

翼在眾目睽睽下吻住婉琳，她瞪大眼，翼的前額貼著她的前額，「妳沒有想我嗎？」

婉琳滿臉通紅，他竟然在繁忙的百德新街秀恩愛。

「吃晚飯好嗎？我肚餓。」

婉琳媚他一眼，上車，「討厭。」

她撅起嘴看著他，翼故作驚訝，「妳還想吻我嗎？」

然後吻她的唇，「回家再親熱，乖！」

婉琳再瞪大眼，她的總裁老公總是故意歪曲她的說話。

在中餐廳坐下來，翼一直嚷著肚餓。

「你下午做什麼？」婉琳向經理揮揮手。

「拿車後，送月餅禮劵給妳媽及親友，來回都兩、三小時了。」

婉琳點單，心裡感激翼對自己家人的心意。

「石頭魚湯，清蒸石斑，唐生菜。」

點單後，婉琳輕輕說，「不用忙著給月餅禮劵嘛。」

翼喝口茶，「妳對我爸媽還不是一樣上心。」

婉琳微笑，他看得到她的好。

〈愛情篇〉

五十歲的翼成為亞太區戰略部總監，仍然早出晚歸。

半頭白髮的他剛從新加坡回來。

「我跟黃茵見面吃飯。」

「她好嗎？」婉琳在盛湯。

「很好啊！妳不吃醋嗎？」

「不。」婉琳盛湯在他面前。

「為什麼？」

「老公，你老了。」婉琳裝可愛地吐吐舌頭。

翼看著她，她還是一頭烏溜溜的頭髮。

「是嗎？」

晚上，翼擁著婉琳纏綿。

「不要……老公……明天要上班……」

「我老嗎？」

「不要……」婉琳只是比他年輕三歲，「不要啦……」體力也大不如前，愛愛後第二天打不起精神，「明天……要上班啊……」

「愛妳愛不夠啊！」翼停下來，看著她。

婉琳撒嬌道，「我身心都已經是你的了。」

「我會愛愛到妳下一世。」

第二天的早上，翼賴在床上，「我不想上班啊。」

「活該啊，誰叫你好色。」

翼一邊擁著婉琳，一邊打電話給貝麗，「早上有會議嗎？」

「十一點。」

「好的。」

然後倒頭大睡。

婉琳驚呆，「你……」因為昨晚愛愛而遲到，他應該是第一位！

她唯有先起來把他西裝拿出來，匆匆梳洗，準備早餐，正想換衣服，卻見頸上有幾個吻痕，她怒吼，「五十歲了！還種我吻痕！」

翼聽到馬上彈起來，衝入浴室梳洗，換上黑色西裝配灰色袋巾，他永遠地酷帥醒目，但婉琳……

除了頸項，還有鎖骨，胸口也是吻痕。

「老婆，待會妳駕車送我上班。」

「為什麼？」

「妳比我年輕，不用睡那麼多。」

婉琳瞪著他，「不要得寸進尺。」

「老婆，專家話五十歲的男人每星期愛愛一次才健康。」

婉琳被水嗆到，「突然說這些幹嗎？」

「我上班了。」

她左找右找，找到一條有領的連身裙才敢上街，到凱雯的咖啡店吃午餐。

婉琳呷口咖啡，凱雯送上午餐，「妳也坐下來吧。」

「嘩，四十幾歲還這麼恩愛。」

婉琳馬上拿鏡出來，「還看到嗎？」

凱雯忍不住笑她，婉琳無奈，「我說他老了，他就這樣對我。」

婉琳傳短訊給她的好丈夫，「好友看到吻痕，討厭！」

翼正跟亞太區領袖開會，看到短訊，微微一笑便繼續會議。

午飯時，他訂了一大束鮮花。

婉琳被鮮花嚇到，「家中好像沒有這樣大的花瓶。」笑著接過花束，忘記早上的抱怨。

花束過大看不到她半個人，翼上載她的照片到社交網站，寫上「美人花，上身是花，下身是人。」

五十歲的他仍然這麼淘氣。

婉琳仍然低調地生活，但她非常享受。

雖說兩位女生不能好好過日子呢？

國家圖書館出版品預行編目資料

雨天代我爲妳哭／草夕子著. --初版.--臺中市：
白象文化事業有限公司，2024.5
　　面；　公分
ISBN 978-626-364-286-7（平裝）

863.57　　　　　　　　　　　　　113002161

雨天代我爲妳哭

作　　者　草夕子
校　　對　草夕子
發 行 人　張輝潭
出版發行　白象文化事業有限公司
　　　　　412台中市大里區科技路1號8樓之2（台中軟體園區）
　　　　　出版專線：（04）2496-5995　　傳眞：（04）2496-9901
　　　　　401台中市東區和平街228巷44號（經銷部）
　　　　　購書專線：（04）2220-8589　　傳眞：（04）2220-8505
專案主編　陳婷婷
出版編印　林榮威、陳逸儒、黃麗穎、水邊、陳婷婷、李婕、林金郎
設計創意　張禮南、何佳諠
經紀企劃　張輝潭、徐錦淳、林尉儒
經銷推廣　李莉吟、莊博亞、劉育姍、林政泓
行銷宣傳　黃姿虹、沈若瑜
營運管理　曾千熏、羅禎琳
印　　刷　基盛印刷工場
初版一刷　2024年5月
定　　價　250元

白象文化　印書小舖　出版・經銷・宣傳・設計
www·ElephantWhite·com·tw　自費出版的領導者　購書 白象文化生活館